Début d'une série de documents
en couleur

(TYPOGRAPHIE)

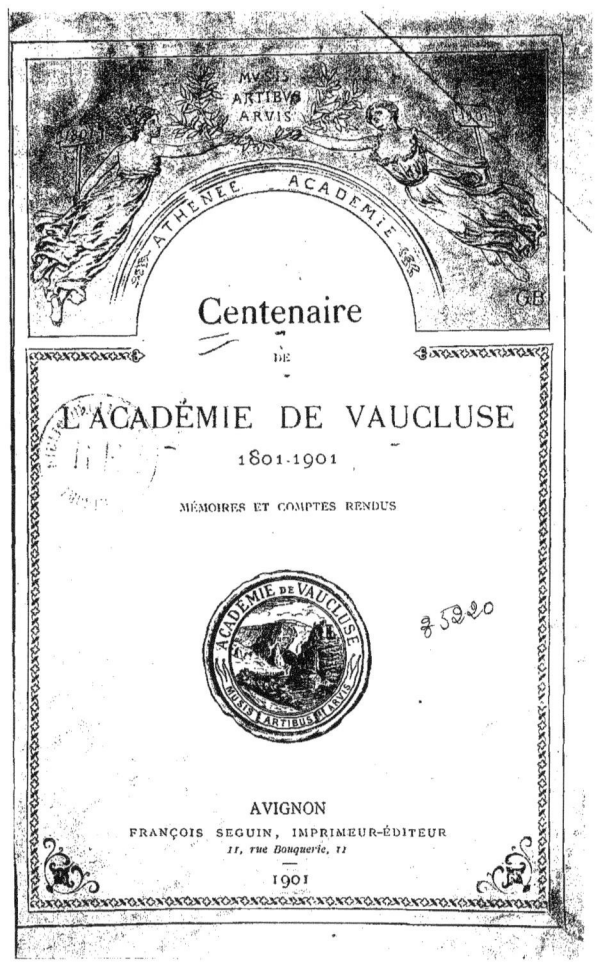

Centenaire

DE

L'ACADÉMIE DE VAUCLUSE

1801-1901

MÉMOIRES ET COMPTES RENDUS

AVIGNON

FRANÇOIS SEGUIN, IMPRIMEUR-ÉDITEUR

11, rue Bouquerie, 11

1901

ATHENÉE · ACADÉMIE

Centenaire

DE

L'ACADÉMIE DE VAUCLUSE

1801–1901

MÉMOIRES ET COMPTES RENDUS

ACADÉMIE DE VAUCLUSE

AVIGNON

FRANÇOIS SÉGUIN, IMPRIMEUR-ÉDITEUR
11, rue Bouquerie, 11

1901

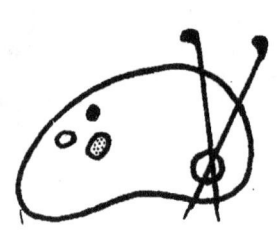

Fin d'une série de documents
en couleur

(TYPOGRAPHIE)

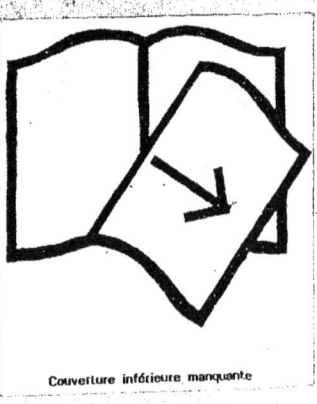

Couverture inférieure manquante

NOTES LIMINAIRES

L'Académie de Vaucluse a célébré les fêtes de son premier Centenaire avec la verdeur souriante de son charme et de sa force, avec la tranquille sérénité d'une belle fille qui chanterait ses vingt ans épanouis. Un siècle, — c'est-à-dire peu de chose pour une Académie, dont les destinées ne sont point pareilles aux nôtres ; un siècle, — non pas la caducité débilitante, mais bien la jeunesse qui monte et rit au soleil, la sève qui fermente et fait craquer le corselet des bourgeons, la brise qui passe et s'éparpille en caresses odorantes.

L'Académie de Vaucluse a fêté ses premiers cent ans ; elle est comme une aïeule un peu surprise, après tant de jours écoulés, de ne point trouver dans son miroir des mèches blanches autour du front et des sillons de larmes près des yeux. La fée Urgèle ne devait pas avoir des coquetteries plus printanières et des mignardises plus efféminées, quand il lui plaisait de troquer un instant le satin lilial de sa gorge et le rire de ses prunelles bleues contre des rides postiches et des lunettes à coquilles. Porter son âge avec une pointe de bravoure, ainsi qu'une cocarde à son chapeau, n'est pas une action coutumière aux femmes. Il en est, cependant, qui semblent mettre un peu de maniérisme, un peu de crânerie affectée, dans la façon d'arborer leurs cheveux blancs. Elles paraissent ravies de leur faux air de marquises Louis XV, de leurs tresses et de leurs torsades neigeuses, si frêles et si jeunettes avec leur minois chiffonné qu'on cherche autour d'elles le marquis de Presles, prêt à les conduire vers de chimériques guerres en dentelles. Une Académie, même lorsqu'elle vient d'avoir cent ans, ne peut pas avoir cette coquetterie des cheveux blancs ; tout au plus pourrait-on lui reprocher d'avoir été sevrée trop vite. Elle entre dans l'été de sa vie, elle se prépare aux moissons abondantes et dorées, elle caresse l'espoir des grappes

mûres. Les cent premières années furent sa jeunesse orgueilleuse
et capricieuse, les mois de printemps et d'incubation, la promesse
des éclosions futures.

Le siècle est écoulé. Dans Avignon, cité antique et magnifique
et souveraine, où toutes les pierres gardent les frissons harmonieux du passé, ville aux clochers sonnants où tant de mélodies
sont éparses dans le ciel balayé d'aromes forestiers et de senteurs
agrestes, dans Avignon aux îles parfumées, que la chanson du
Rhône emplit de sonorités tumultueuses, — dans la ville de rêve
et de beauté, endormie sous l'égide sacrée de ses vieilles
murailles qu'on ne profanerait pas en vain, l'Académie de
Vaucluse s'est dressée, l'autre matin d'été, dans l'eurythmie de
ses longs voiles blancs, pour mener la théorie des fêtes, les glorieuses panathénées célébrées en son honneur. On en trouvera
plus loin les fastes évocateurs et consécrateurs.

Au courant de ces journées, dont la remembrance est douce et
fortifiante, des paroles de joie furent clamées par des lèvres
éloquentes. Les abeilles, qui butinaient jadis les lavandes
ensoleillées d'Attique, se sont réfugiées dans les campagnes de
Provence, et c'est pourquoi, dans nos vallons fleuris, des hommes
se rencontrent qui distillent le miel blond et qui savent l'art de
bien dire.

Des paroles de joie, oui, certes, mais aussi des paroles portant
en gaîne des idées abondantes, des pensées substantielles, qui
lèveront comme une semence féconde.

Il faut marcher avec son temps, si l'on ne veut pas être dépassé
et laissé au rancart des vieilles lunes et des chimères abolies.
C'est banalité de le dire, mais c'est tristesse aussi de voir les
inerties déprimantes, de constater parfois la léthargie dont les
cerveaux sont tout meurtris.

Il y a longtemps qu'on a crié anathème à l'homme seul ; mais,
aujourd'hui, plus que jamais, la phrase de malédiction résonne
à nos oreilles avec ses affreuses syllabes de vérité. Dans la lutte
incessante de l'artiste menant le bon combat pour l'idéal, il n'est
pas pour l'homme de lettres, orfèvre de proses ou ciseleur de
rythmes, pour le peintre, pour le musicien, pour le sculpteur,
il n'est pas pour le chevaucheur de pensées, quel qu'il soit, de
calamité pire que la solitude. Son effort avorte, les muscles de
son cœur et les lobes de son cerveau se contractent inutilement
en des énergies stériles. Un individu qui porte la force en soi, —
et la force se dénommera talent ou génie, — cet individu traînera

l'inanité de ses rêves comme une souffrance, s'il n'est pas adapté à son milieu, s'il n'a pas la croyance de son temps et la foi dans les autres individualités, qui seront tour à tour les promoteurs ou les véhicules de son œuvre.

Une Société, une Association quelconque n'est, à tout prendre, qu'un individu dans notre existence telle qu'elle est organisée. Les hommes, dont l'effort est commun, éprouvent le besoin de se solidariser. Ce n'est point le lieu d'en rechercher les causes, qui tiennent à la fois à des raisons de sympathie, à des questions économiques, à des phénomènes de vitalité primordiale. Sans nous en laisser imposer par ce grand mot de *décentralisation,* dont nos oreilles sont effarées à tout propos et souvent hors de propos, il faut bien reconnaître que la *concentration* d'énergies éparses donnerait une singulière valeur à des Sociétés dont le labeur concourt au même but.

Nous faisons allusion ici, en la fleurissant de commentaires extérieurs, mais non superflus, à l'une de ces paroles de fécondité que nous avons saluées au début de ces pages et qui fut jetée comme une bonne graine pendant la célébration du Centenaire.

Le mérite et l'honneur en reviennent au président de l'Académie de Vaucluse, au docteur Victorin Laval, qui n'a pas à craindre de notre amitié les témoignages que notre ferveur reconnaissante lui doit et que sa modestie refuserait. L'idée d'une fédération des Sociétés savantes méridionales nous a séduit. Elle était peut-être dans l'air, comme un beau songe vaguant dans l'atmosphère bleue. Il fallait la fixer, lui faire prendre corps. Nous ne sommes plus dans le domaine des utopies décentralisatrices d'une séduction un peu vaine ; la réalisation ne tient qu'à une question d'heures et à un apport de bonnes volontés. Le doute seul serait une injure à l'amour profond et réfléchi que les fils du soleil portent à leur glèbe natale.

Il faut se borner. La fédération comprendrait les Sociétés savantes pour la région du Rhône aux Alpes et de la mer bleue à Lyon, cette porte d'or et de soie du Midi. Le territoire est ainsi parfaitement enclavé dans des limites naturelles. Les hommes de cette région sont de mœurs et d'habitudes à peu près identiques. Des remparts artificiels les séparent et il n'est pas téméraire d'avancer que la semence gallo-romaine a levé un peu partout dans cette contrée ainsi délimitée. Tout au plus le soleil met dans ce vaste ciel des ardeurs inégales, la floraison différencie un peu les étendues fertiles, avec des intermittences de chants de cigales,

C'est là que résiderait l'appoint d'originalité, la valeur de l'œuvre commune édifiée avec des éléments autonomes sans être contradictoires, et qui se compléteraient heureusement sans se heurter.

Le sud-est est comme une riche pépinière de Sociétés savantes : quelques-unes d'entre elles ne sont même plus les frêles arbrisseaux à la vie précaire, elles se dressent comme des ormes magnifiques, comme des chênes majestueux croissant leurs ramures énormes. L'essentiel est de les rapprocher, de les réunir en une forêt salubre, dont l'ombre fraîche s'étendra au loin avec des flambées de clartés entre les branches. Citer seulement le nom de quelques villes, que nous voudrions voir se joindre avec Avignon dans une étreinte fraternelle, c'est évoquer en bloc toutes ces Associations, qui poursuivent près du clocher séculaire la réalisation de leurs rêves de beauté et de pacification : voici Digne, Gap, Nice, Aix-en-Provence, Marseille, Grenoble, Valence, Lyon, Chambéry, Annecy, Toulon, Draguignan, voici toutes les villes éveillées aux pensées de lumière et de progrès, voici toutes les cités de labeur que nous convions à l'œuvre sereine de la fédération. Chacune de ces villes serait un des piliers solides, une des colonnes de marbre, où le faîte du Temple viendrait se poser. Il nous semble que l'Académie de Vaucluse, qui en a eu l'initiative par la voix de son président, doit prendre à cœur de poursuivre la tâche commencée.

Et maintenant, est-il nécessaire de développer longuement les avantages que les Sociétés savantes seraient les premières à retirer de cette fusion de leurs qualités intellectuelles et morales et de leurs intérêts matériels ? Nous pensons qu'une fois l'œuvre accomplie, les résultats seront probants : échange plus suivi de communications et d'idées, collaboration plus intime à des travaux utiles dont on se détournait, participation de tous les instants à ce grand mouvement de pensées qui finirait par laisser des traces profondes dans une région admirable de vigueur et de santé. Comme conséquence de ce renouveau de vie, les Sociétés savantes se feraient connaître aux masses, qui les ignorent par indifférence ou par apathie. La fédération serait ainsi une force avec laquelle on compterait, alors que plus d'une société laissée dans son isolement s'étiole, languit et meurt.

Tous les ans, des assises solennelles se tiendraient dans une des grandes villes de la contrée alpine et rhodanienne. Des artistes et des savants venus d'autres points de la France, et

même de l'Étranger, pourraient constater avec quelle intensité
d'énergie les racines vivifiantes ont poussé avant dans notre sol.
Les indifférents et les railleurs, les artistes solitaires, les timides,
lès méconnus, tous ceux enfin pour qui le rêve n'est pas qu'une
superfluité, se dresseraient en une poussée pour voir descendre
la lumière.

Cette réunion de forces latentes ou éparpillées opérerait une
transfusion de sang jeune et nouveau. C'est un peu le jeu des
fleuves et des rivières, qui enrichissent et fécondent les pays
traversés, mais qui ne s'arrêtent point dans leur marche heureuse
et progressive : ils viennent s'unir, se confondre, former l'Océan
infini, la nappe d'eau si vaste et si lointaine qu'elle semble aller
se perdre dans les profondeurs du ciel. Les rivières sont la raison
d'être de la mer grande, comme les Sociétés savantes seraient la
raison d'être d'une fédération artistique, littéraire et scientifique.
Ce serait peut-être un moyen plus sûr d'aller au peuple, sans
lequel rien ne se fait de durable, à moins qu'il ne vienne à nous,
recrue appréciable, — le peuple, cette collectivité d'êtres pen-
sants qui est une force.

Qu'on y songe bien, qu'on songe encore à la somme de
bénéfices moraux que les Académies gagneraient à cette entreprise. Ce court exposé, que nous devons restreindre, ne fait
qu'indiquer les voies où s'engager. Puisse-t-il ne pas être stérile !
Il importe qu'un tel projet ne s'attarde pas à l'état de chimère. En
le réalisant, — dût-elle n'avoir que l'honneur de l'essayer, —
l'Académie de Vaucluse marquerait une étape glorieuse dans
la pérennité de sa marche en avant.

Que les bonnes volontés surgissent et que chacun apporte sa
pierre contributive : l'édifice sera bientôt debout dans les clartés.
Après les floraisons merveilleuses, qui furent l'enchantement
des panathénées estivales pour la célébration de son Centenaire,
l'Académie de Vaucluse aurait, sans doute, quelque fierté à jeter
la faux dans les moissons blondes et à lier les gerbes mûres.

Octobre 1901.   FERNAND DE ROCHER.

SÉANCE PUBLIQUE

DU DIMANCHE 4 AOUT 1901

Cette Séance publique eut lieu dans la salle des fêtes de l'Hôtel de ville d'Avignou, mise obligeamment par M. le Maire à la disposition de l'Académie.

A 4 heures et demie, devant une assistance aussi nombreuse que choisie et en présence des délégués de plusieurs Sociétés savantes de la région, M. le Secrétaire général de Vaucluse, tenant la place de M. le Préfet empêché, a déclaré la séance ouverte.

Successivement, ont été prononcés ou lus, aux applaudissements de l'assemblée, les discours, rapport et mémoires ci-après.

Discours de M. le Dr Victorin Laval,

PRÉSIDENT DE L'ACADÉMIE DE VAUCLUSE.

MESDAMES, MESSIEURS,

Feu Arouet de Voltaire eut un mot bien cruel pour les Académies de son temps. A un membre de l'Académie de Châlons qui
lui en vantait les mérites et la glorifiait d'être la fille de l'Académie française, il répondit avec malice : « Assurément, et c'est
une bonne fille qui n'a jamais fait parler d'elle ! »

Ce mot — de suprème ironie — a fait fortune, et depuis, quand
en province un plaisant quelconque veut faire un brin d'esprit
aux dépens de l'Académie de son département, il n'a garde
d'oublier de rééditer contre elle le trait devenu classique.

J'ignore si l'Académie de Vaucluse a échappé à l'épigramme.
J'en doute. Ce que je sais bien, c'est que si là-haut ou là-bas,
aux champs Élyséens, le mordant ironiste que fut Voltaire veut
bien s'intéresser encore un peu aux choses d'ici-bas, il est obligé
de convenir qu'aujourd'hui, pour une fois au moins, notre
Académie, tout en restant bonne fille, fait avantageusement
parler d'elle.

L'empressement que vous avez mis, Mesdames et Messieurs,
à vous rendre à cette célébration de son centenaire ; cette réunion
dans une salle, dont la magnificence éblouit, et qui est si riche
de ses décorations, qu'on dirait véritablement que les artistes se
sont donné le mot pour en faire comme la merveille d'un palais
enchanté ; votre présence, M. le secrétaire général, qui remplacez
le préfet, représentant du gouvernement ; la vôtre, MM. les
adjoints au maire d'Avignon, celle des délégués de plusieurs
Sociétés savantes de la région que je salue et que je remercie du
précieux témoignage de sympathie qu'ils nous apportent ; la
présence enfin de si nombreux représentants des pouvoirs pu-

blics, tout cela parle éloquemment en faveur de l'Académie de Vaucluse et dit qu'une Société, qui compte maintenant cent ans d'existence, mérite quelque considération, et qu'après tout, il n'est pas impossible que, dans ce cycle d'un siècle, cette institution n'ait fait œuvre utile et exercé sa part d'influence salutaire dans le milieu où elle a vécu.

Après cela, si les morts parlaient ou écrivaient encore, il ne resterait plus à M. de Voltaire — qui allait toujours au succès — qu'à solliciter de nos suffrages une place d'associé correspondant. L'Académie de Vaucluse la lui octroyerait de bonne grâce : ce serait sa revanche.

Ce serait aussi pour notre nouveau collègue tout profit. Il trouverait chez nous le souvenir toujours vivant d'hommes dont elle s'honore, car dans le domaine des lettres, des sciences et des arts, ils ont su tracer un sillon fécond, sur lequel a levé une abondante moisson de gerbes et d'épis.

Je laisse, en effet, à notre secrétaire général le soin de vous dire comment notre Société a répondu, pendant le siècle écoulé, à l'objet de son institution, les hommes distingués qu'elle a comptés dans son sein et les travaux remarquables qu'elle a produits.

Mais qu'est-ce donc après tout que cette Académie de Vaucluse, qui tient aujourd'hui de si solennelles assises ?

Est-ce un cénacle de savants,

> Approfondissant, ainsi que la physique,
> Grammaire, histoire, vers, morale et politique,

se livrant alternativement à la recherche de la pierre philosophale et de la quadrature du cercle, dont les cerveaux toujours en ébullition sous leur crâne chauve, rêvent de révolutionner le monde et d'entasser découvertes sur découvertes, comme Pélion sur Ossa ? des hommes férus de toutes sciences ? des sortes de Pic de la Mirandole, capables de disserter des jours et des nuits entiers, sans trêve ni repos, sur tout et sur beaucoup d'autres choses encore ?

Hélas ! non. Cette race d'hommes prodiges est éteinte, et, y mettrions-nous toute notre bonne volonté, que vous n'auriez pas à craindre de nous la voir jamais ressusciter.

Serait-elle plutôt une réduction, une contrefaçon, un pastiche de l'Académie des quarante immortels ? Pas davantage. D'abord, nous sommes plus de quarante — tous mortels — et puis, nous ne portons pas habit vert brodé et n'avons jamais travaillé au moindre petit dictionnaire.

L'Académie de Vaucluse est, pensent peut-être quelques-uns, un bureau d'ésprit où, chacun, nouveau Mascarille, aurait à son actif deux cents chansons, autant de sonnets, quatre cents épigrammes et plus de mille madrigaux, sans compter les énigmes et les portraits ; peut-être aussi une académie d'admiration mutuelle, à l'instar de celle que Philaminte, Armande et Bélise voulaient fonder sur ce programme des femmes savantes :

> Nous serons par nos lois les juges des ouvrages ;
> Par nos lois, prose et vers, tout nous sera soumis,
> Nut n'aura de l'esprit, hors nous et nos amis ;
> Nous chercherons partout à trouver à redire,
> Et ne verrons que nous qui sachent bien écrire.

Non, Mesdames et Messieurs, c'en est fait aussi des hôtels de Rambouillet ou de Longueville. Molière leur a porté un coup mortel, et dans une ville comme Avignon, où l'esprit, dit-on, court les rues, nous seuls paraîtrions ne pas en avoir qui voudrions le canaliser.

Mais si notre Société n'est rien de tout cela et pas même un club où l'on médit de son prochain et du gouvernement, qu'est-elle ?

> Répondez donc enfin, ou bien je me retire,

me souffle quelqu'un à l'oreille. Eh ! bien, Mesdames, Messieurs, notre Académie de Vaucluse est bien simplement une réunion de braves gens, n'ayant pas la moindre prétention au bel esprit, mais qui restent convaincus que la vie ne doit pas se circonscrire dans le cercle étroit des intérêts matériels, et qu'elle peut et doit en relever le but en faisant une part à la culture des choses de l'intelligence, comme elle sait en adoucir l'amertume par la pratique des sentiments affectifs du cœur. Et alors, de tous les horizons politiques et sociaux, sans distinction de race ou de culte, des hommes de bonne volonté se réunissent à jour fixe pendant quelques heures, pour oublier ensemble les soucis quotidiens de la vie et se livrer à une étude favorite en rapport avec leurs aptitudes et leurs goûts. Tels cultivent les sciences physiques où ils excellent ; tels autres, et ce sont les plus nombreux, s'adonnent à des recherches d'histoire locale, car notre terre avignonaise et comtadine est une mine féconde où chaque coup de pioche fait jaillir un trésor. Quelques-uns font des sciences sociales l'objet de leurs méditations et rêvent d'une humanité meilleure. Il y a aussi le clan des poètes et des littérateurs : vous en connaissez quelques-uns, et leurs œuvres ont su mériter vos suffrages. Et c'est ainsi que, pour le profit de tous, chacun exploite une parcelle de ce domaine immense des connaissances humaines.

Vous dirai-je que le régime de notre petite république académique est essentiellement parlementaire, et que cependant, dans nos assemblées, il n'y a ni gauche, ni droite, ni plaine, ni montagne, et que si la sonnette du président s'agite quelquefois, ce n'est que pour ouvrir et clore les séances, jamais pour distribuer des rappels à l'ordre.

De notre harmonie rien ne trouble le règne, et tels sont le charme et la douce sérénité de nos réunions, que l'on croirait volontiers qu'un génie tutélaire de l'amitié et de la concorde veille sur nous. Moi, je préfère y voir aussi l'influence du milieu et de l'ambiance, et vous serez certainement de mon avis, Mesdames, si je vous confie tout bas que, par une faveur bien particulière, nos séances mensuelles se tiennent à la mairie dans la salle des mariages, à cette même place où viennent s'échanger de si tendres serments et se nouer des liens si doux qu'à ce moment on les rêve indissolubles et éternels. Sans doute que cette atmosphère d'intimité et d'union nous enveloppe et nous imprègne si bien tout entiers, qu'il n'est plus surprenant que là où M. le Maire fait des époux, l'Académie fasse à tout jamais des amis et des frères.

De notre Société, vous n'êtes d'ailleurs pas exclues, Mesdames, et discrètement les portes vous en ont été toujours ouvertes lorsqu'il vous a plu de venir y frapper.

Quand vous parcourez les galeries de notre Musée Calvet, votre regard est de suite attiré par un ravissant portrait de femme, peint à mi-corps et de grandeur naturelle. Le corps, aux formes sculpturales, est vêtu d'une robe couleur de feuille morte, sous un manteau écarlate. Un camée blanc en orne la ceinture. La tête est couronnée d'un diadème de perles fines, que relève encore une aigrette de diamants. La figure est idéalement belle. Le portrait qui, par l'harmonie des tons et le brillant du coloris, rappelle un peu la manière des Greuze et des Mignard, est signé de Mᵐᵉ Vigée-Lebrun, la grande portraitiste, de qui Laharpe disait en pleine séance de l'Académie, elle présente :

> Lebrun, de la beauté le peintre et le modèle,
> Moderne Rosalba, mais plus brillante qu'elle,
> Joint la voix de Favart au souris de Vénus.

Quant à la femme ainsi représentée, vous savez sans doute qu'elle n'est autre que la Grassini, la diva, dont la voix splendide et la radieuse beauté firent courir le tout Paris, et que les cours de l'Europe envièrent longtemps à la scène des Tuileries, à laquelle la faveur impériale avait su l'attacher. On sait moins que Mᵐᵉ Vigée-Lebrun fit elle-même don de ce portrait à l'Académie de Vaucluse, qui, sur la proposition de l'un de ses membres, le baron de Montfaucon, l'avait admise, le 8 juin 1827, au nombre de ses associés correspondants.

C'était une façon de lui payer son tribut.

Mais vous me permettrez de voir aussi, dans le choix même du présent, comme une invitation éloquente et persuasive faite à nos aînés de ne pas s'abstraire dans l'étude exclusive des sciences spéculatives, et de toujours se souvenir que, par sa devise même : *Musis, Artibus, Arvis,* notre Académie devait faire une part équitable à l'art, qui n'est lui-même que la forme du beau, et à la muse qui le chante.

Et qui donc, Mesdames, peut mieux que vous donner aux diverses modalités de l'art le fini de la perfection, vous dont on a dit avec juste raison « que les belles-lettres et les arts sont les deux domaines de l'esprit humain, où vous révélez les plus heureuses aptitudes, et où vous montrez souvent mieux que du talent ? »

Ainsi pensons-nous nous-mêmes, et c'est notre manière à nous de faire du *féminisme,* que de le proclamer bien haut.

Si ce tableau de notre vie académique a le don de vous plaire, venez à nous, vous, Messieurs, pour en agrandir le cadre ; vous, Mesdames, pour y ajouter de nouveaux charmes.

Sans doute, nous ne vous donnerons ni la célébrité ni la gloire, à moins que vous ne nous apportiez vous-mêmes l'une ou l'autre, auquel cas l'Académie vous en serait profondément reconnaissante et se déclarerait votre obligée.

Nous ne vous donnerons pas davantage la richesse. Hélas ! nos finances ne nous le permettent point. Nos actions académiques ne sont pas cotées en bourse et nos obligations sont toutes morales.

Mais, à défaut de ces biens périssables, vous aurez du moins, en collaborant à nos travaux, la satisfaction d'être utiles et de contribuer efficacement à la bonne renommée de la petite patrie, et par là même à la glorification de la grande, qui n'est que la synthèse et comme le faisceau des rayonnements de tout ce qu'il y a de bon, de grand, de généreux et de beau dans nos patries locales.

Et puis si, malgré tout, vous teniez quand même à être quelqu'un ou quelque chose, vous seriez encore assurés, en vous faisant des nôtres, que jamais, quoi qu'il arrivât, la main de l'envie ne pourrait écrire sur votre pierre tumulaire :

> Ci-gît qui ne fut rien,
> Pas même académicien…. *de Vaucluse*.

II.

Discours de M. Deltel,

SECRÉTAIRE GÉNÉRAL DE LA PRÉFECTURE DE VAUCLUSE.

MESSIEURS,

M. le Préfet n'ayant pu se rendre aux fêtes du centenaire de l'Académie de Vaucluse, m'a délégué pour le représenter au milieu de vous.

Je vous apporte, Messieurs, ses vifs regrets de ne pouvoir prendre part à ces fêtes, et l'expression de ses sympathies pour votre Société. Permettez-moi, Messieurs, d'y ajouter les miennes, et de me féliciter aussi de l'honneur qui m'est fait par cette suppléance.

J'admire, Messieurs, le but et le fonctionnement de l'Académie de Vaucluse, qui, depuis tant d'années, a pu grouper tant d'hommes distingués et de professions si diverses, pour les faire concourir, par leurs études scientifiques et littéraires, par leurs recherches historiques, par le culte de la poésie et de l'art, à l'augmentation du trésor de ces traditions vauclusiennes, où l'amour du beau a produit, depuis des siècles, des œuvres d'un si vif éclat.

Vous avez trouvé, Messieurs, pour vous délasser de vos travaux professionnels, la plus belle et la plus noble distraction qu'un homme puisse s'offrir, dans les travaux désintéressés et supérieurs de votre Académie. Ainsi, même dans vos moments de loisirs, vous ne cessez point de donner le bon exemple à vos concitoyens. Vous savez vous reposer, comme le recommandait l'illustre Bossuet, d'un travail par un autre; et quel travail que celui qui a pour objet les recherches spéculatives de la science, l'étude de l'histoire ou les jeux charmants de la poésie! Tout en étant peut-être le plus agréable, n'oublions pas, Messieurs, que ce travail est encore des plus utiles, dans une société comme la nôtre, où il faut éviter à tous de se laisser complètement envahir par les préoccupations purement matérielles de l'existence. Ces préoccupations, en effet, ne suffisent point à l'homme, qui ne vit pas seulement de pain, mais qui, pour être aussi heureux que possible, pour être même bien équilibré, pour avoir le courage et l'espérance souvent nécessaires, doit aussi se nourrir d'idéal.

A cet égard, d'ailleurs, vous travaillez ici, Messieurs, sur un fonds qui est d'une étonnante fertilité. Tout ce qui vous entoure, les traditions, le sol, le climat, les monuments, tout vient à l'envi vous instruire et vous inspirer. Vous n'avez qu'à puiser dans ce fonds inépuisable, vous n'avez qu'à le cultiver, pour en faire sortir les plus beaux fruits et les plus belles fleurs ; puis, quand vous nous apportez ces fleurs et ces fruits, même dans les sujets un peu arides, vous ne pouvez vous empêcher de chanter comme des harpes éoliennes ; car, dans ce pays de Vaucluse, la parole parlée ou écrite devient naturellement un chant, se mettant ainsi en harmonie avec l'air ambiant qui nous pénètre, avec la poésie vibrante qui s'exhale de tant de choses.

Il y a quelque temps, dans une réunion où l'on improvisait des vers, un hôte de passage qui avait séjourné quelques mois à Avignon, voulant résumer dans un sonnet les impressions que cette ville intéressante avait produites sur son âme, s'exprima en ces termes :

> Ville antique, aux foules joyeuses,
> Où l'on est gai presque toujours,
> Où le ciel a tant de beaux jours,
> Ville aux légendes envieuses,
>
> J'aime tes ponts, tes vieilles tours,
> Tes églises mystérieuses,
> Et tes jeunes filles rieuses,
> Charmantes comme des amours,
>
> Les monuments de ton histoire,
> Où l'amour se mêle à la gloire,
> Ton doux langage provençal,
>
> Tes artistes et tes poètes,
> Ton fleuve impétueux, tes fêtes,
> Ton superbe palais papal !

Le sonnet, forcément, s'arrêtait là, selon les règles de sa forme. Cependant, l'improvisateur le trouvant trop court pour le sujet traité, s'avisa d'ajouter, en manière d'excuse, les cinq vers suivants, qui me paraissent bien à votre adresse :

En un sonnet j'ai voulu dire
Ce que j'aimais à Avignon.
Mais il faut, pour le bien décrire,
Le langage alerte et mignon
Des Comtadins chantant sur leur joyeuse lyre.

Oui, Messieurs, vous êtes pour nous ces « Comtadins chantant sur leur joyeuse lyre ». Comtadins d'origine, Comtadins d'adoption, c'est toujours vous qui racontez les merveilles de ce beau pays; c'est vous qui en découvrez l'histoire; c'est vous qui en chantez les beautés. Vous nous le faites mieux connaître ; vous nous le faites encore mieux aimer, car, mieux que les cigales de ses arbres, vous placez dans chacun de ses jolis paysages ces chants joyeux ou mélancoliques qu'on nomme les souvenirs et les sentiments, qui font les poèmes de l'âme et qui paraissent rendre plus sensible la nature indifférente. Je vous en remercie, Messieurs, au nom du Gouvernement de la République et au nom du Département ; je vous en félicite et je souhaite que ceux qui vous succèderont, unis avec nos successeurs dans le même culte de la science et de la beauté, célèbrent ensemble, avec autant de solennité et d'allégresse, le succès et la prospérité de l'Académie de Vaucluse, à l'aurore des siècles futurs !

III

Rapport de M. L.-H. Labande,

SECRÉTAIRE GÉNÉRAL DE L'ACADÉMIE DE VAUCLUSE.

MESDAMES, MESSIEURS,

Nous célébrons aujourd'hui le premier centenaire de l'Académie de Vaucluse ; mais peut-être quelque Avignonais patriote aurait-il le droit de nous reprocher notre modestie et soutiendrait-il que notre Société, en se constituant en 1801, n'était que la continuation d'une plus ancienne. Il aurait un peu raison, et l'arrêté préfectoral qui donna naissance au Lycée de Vaucluse justifierait un peu son objection.

Dès 1658, en effet, sous les auspices du vice-légat Conti, s'était constituée en Avignon une Académie des Émulateurs. Jalouse du succès de la jeune Académie française, et de sa voisine l'Académie du Gard, elle prétendait à de beaux jours : hélas ! sa destinée fut courte et deux ans plus tard son ardeur paraissait éteinte. Cependant, elle avait encore manifesté son activité, en 1679 et 1687, par des prospectus d'ouvrages ou par des solennités littéraires qu'a relatées le D' Laval, notre président actuel.

Mais ce fut tout, et le XVIIIᵉ siècle avignonais, bien qu'il produisit, en nombre respectable, de véritables érudits dans toutes les branches de la science, ne vit pas la renaissance d'une institution qui, dans d'autres villes, était pourtant fort en honneur. Aussi, il serait sans doute excessif pour nous de prétendre à une généalogie aussi reculée.

Nous nous bornerons à nous réclamer les fils de ce Lycée d'agriculture, sciences et arts de Vaucluse, que le préfet Pelet établit le 1ᵉʳ thermidor an IX (20 juillet 1801). Celui-ci s'était inspiré d'une circulaire du Ministre de l'intérieur Letourneux, en date du 3 floréal an VI (22 avril 1798), qui provoquait dans chaque département la formation d'une Société d'agriculture. Cela rentrait bien dans le cadre des idées d'un peuple, qui s'était grisé de la littérature de J.-J. Rousseau et de Bernardin de Saint-Pierre, et qui aurait volontiers sacrifié les chefs-d'œuvre de l'art aux beautés plus rustiques d'une nature souvent peu comprise. N'était-ce pas l'époque des fêtes de l'Agriculture, et, à Avignon même, n'avait-on pas vu, dans une de ces solennités, le maire Guillaume Puy, coiffé du bicorne des incroyables et ceint de l'écharpe tricolore, conduire la charrue dans les sillons de l'enclos de Saint-Véran ?

Sous le couvert de l'agriculture, les arts, les sciences et les lettres retrouvèrent leur place au soleil, et dès l'origine, le Lycée de Vaucluse se divisa en trois classes : agriculture et commerce, mathématiques et physique, philosophie et belles-lettres. Les 36 membres résidants furent distribués dans ces trois catégories. Dans la première, on relève les noms de Montauban, directeur de l'enregistrement et des domaines, Pelet et Guillaume Puy. Dans la seconde, ceux de l'ingénieur Bondon, du marquis de Fortia d'Urban, des deux Guérin, des chirurgiens Pamard et Sauvan, des médecins Pansin et Voullonne, et dans la troisième, ceux de Tempier, conseiller de préfecture, Hyacinthe Morel et Piot, président du Tribunal civil.

Le règlement qui régit la nouvelle Société décidait que nul ne pourrait devenir membre résidant, sans présenter un ouvrage qui donnerait la mesure de ses talents. Les associés et correspondants, qui étaient éligibles en nombre indéterminé, ne devaient être admis, eux aussi, qu'après un sérieux rapport sur leurs travaux et leurs publications. Ce fut là, naturellement, l'occasion d'une foule de mémoires, dont la lecture et la discussion occupèrent bien des séances du Lycée, puis de l'Athénée et enfin de l'Académie.

Dans le début, cependant, on fut plus accommodant, et l'on reçut, sans les formalités prescrites, ceux que l'on considérait comme les illustrations du jour. Je citerai parmi celles-ci Napoléon Bonaparte, premier consul et membre de l'Institut, Lucien, son frère, Cambacérès et Lebrun, Chaptal, ministre de l'intérieur, Guinguené, membre de l'Institut, Jenner, Laharpe, Lalande, Millin, conservateur du Musée national de Paris, Montgolfier, Pastoret, membre de l'Institut, etc. Plus tard, les réceptions par acclamation et sans rapport préalable furent extrêmement rares : il fallut être le cardinal Maury, Carle et Horace Vernet, Prosper Mérimée, pour mériter cette insigne faveur.

Le Lycée de Vaucluse, qui commença par solliciter la bienveillance du gouvernement en faveur de la fille de Jean Althen, tombée dans une affreuse misère, tint régulièrement des séances où l'on communiqua des dissertations sur les questions les plus diverses d'agriculture, de météorologie, de médecine et d'histoire, des poésies ou des traductions d'auteurs anciens et modernes. Il avait à peine un an d'existence quand il dut changer son nom, lors de la promulgation de la loi de 1802 sur l'instruction publique. Sur la proposition de son président, le préfet Pelet, il prit celui d'Athénée de Vaucluse, titre qu'il conserva jusqu'au 4 juin 1815, où fut substitué celui d'Académie de Vaucluse.

Je n'entrerai pas le détail des travaux de l'Athénée ; aussi bien ce serait une tâche ingrate de vous servir une nomenclature d'articles et de mémoires, qui a déjà été rapportée par deux fois dans nos Annales, notamment par M. Limasset, notre ancien vice-président, à propos de son *Historique de l'Académie de Vaucluse*. Je vous demanderai seulement la permission de noter certains détails, qui montrent avec quel zèle nos aînés ont secondé les efforts de l'administration préfectorale dans son œuvre d'organisation du pays.

Le préfet leur demanda, le 30 nivôse an x, de s'intéresser à une statistique générale du département, réclamée par le Ministre de l'intérieur : immédiatement la Société y consacra ses soins et fournit des documents. En l'an xi, la même autorité administrative sollicita des avis sur le Code rural : les réponses furent faites par MM. Voullonne, Crivelli et Pamard. La très riche bibliothèque nationale, provenant des confiscations révolutionnaires et déposée dans les bâtiments de l'ancien archevêché, avait besoin d'être classée et cataloguée : le préfet pria l'Athénée d'étudier les moyens d'y parvenir. M. Tempier dressa aussitôt un rapport détaillé, et Fortia d'Urban rédigea le catalogue des in-folio de la section de théologie, le seul catalogue des imprimés de la Bibliothèque d'Avignon qui ait encore paru à l'heure actuelle.

Aussi, sut-on bientôt reconnaître cette bonne volonté, et dès l'an xiii le Conseil général du département décidait d'accorder à l'Athénée une somme de 400 francs. C'était en même temps récompenser le puissant appui que la Société apportait à l'agriculture par ses études sur les irrigations, la plantation de la garance, la fabrication des huiles, etc., par sa surveillance des cultures exotiques qu'on tentait d'acclimater en Vaucluse (tel Battaclini à l'Isle pour l'indigo), par les concours qu'elle instituait sur la ques-

tion des engrais convenant aux terrains du département et
sur le meilleur système d'élevage des vers à soie, etc. Cela et la
partie médicale, dont notre collègue M. le Dr Pansier vous entre-
tiendra tout à l'heure, tel était le côté pratique et utilitaire
de la Société et l'occupation la plus sérieuse des membres de
l'Athénée. Il y en avait peu, en effet, qui se sentissent attirés par
les questions d'histoire et d'archéologie : le goût n'en était pas
encore venu, d'ailleurs la critique n'y aurait pas encore exercé
suffisamment ses droits. Cependant, je ferai une place honorable
à l'ex-chanoine Calvet, mon prédécesseur à la Bibliothèque, pour
son *Précis historique de la ville d'Avignon,* et au marquis de
Fortia d'Urban, membre de l'Institut. Celui-ci mériterait que
nous lui consacrions de longues pages. Vice-président de l'Athénée pendant plusieurs années, il en fut, pendant les trop rares et
trop courts séjours qu'il fit à Avignon, un des membres les plus
actifs et les plus zélés. Esprit universel, mais peu profond, tou-
chant à toutes les questions de littérature et d'histoire, mais sans
y apporter beaucoup de solutions neuves ou justes, il était bien
de la race de ces encyclopédistes du XVIIIe siècle qu'il avait fré-
quentés. Ses connaissances étaient prodigieusement étendues et
ses travaux étaient d'une variété et d'une multiplicité qui décon-
certent. Qui croirait que le même homme ait édité *La Rochefou-
cauld* et *Vauvenargues*, traduit Platon, Aristarque de Samos et
Héron de Byzance, publié des traités d'arithmétique, des discours
sur les nombres polygones et sur les progressions, étudié la
législation des rentes foncières, donné le plan d'un atlas historique, refondu l'*Art de vérifier les dates,* écrit une histoire de la
Chine avant le déluge d'Yao, une histoire ancienne des Italiens,
une Histoire du Portugal, une Histoire des révolutions de Naples,
décrit les antiquités et monuments de Vaucluse, donné la biographie de Xénophon, de Pétrarque, de Crillon, de la marquise de
Ganges, et disserté sur Homère, la langue phénicienne et l'écriture hiéroglyphique ?

Il était aussi dans les mœurs du XVIIIe siècle de rimer ou plutôt
de rimailler sur tout et à propos de tout. Les membres de l'Athénée n'y faillirent pas, et la liste en serait longue de tous les
poèmes et de toutes les poésies de circonstance lues dans leurs
réunions. Qu'il suffise de vous signaler que les principaux auteurs en étaient le président Piot, l'abbé de Saint-Véran, bibliothécaire de Carpentras, Sabatier, l'abbé nonagénaire Bourrelly,
l'avocat Dupuy, M. de Stassart, préfet de Vaucluse, et surtout le
secrétaire perpétuel de l'Académie, Hyacinthe Morel.

Le baron de Stassart, un des préfets qui s'attachèrent le plus à l'Athénée et dont l'éloignement ne diminua pas l'affection, ne manquait pas dans le monde des lettres d'une certaine autorité. Ses poésies légères, ses fables n'avaient, hélas! rien de La Fontaine, ni même de Florian, elles n'en étaient pas moins applaudies dans un milieu qui était peut-être moins difficile que le nôtre. Voici un échantillon de ses vers, qui ont le désavantage de reprendre un thème déjà connu :

L'OIE, LES ENFANTS ET LE CYGNE.

Fable.

Certaine oie au bec d'or, au plumage d'argent,
        Ivre du bonheur d'être mère,
Trouvait dans ses oisons un air intelligent....
        Grâce, beauté, démarche fière,
Ils avaient tout pour eux, bref ils étaient parfaits.
        Le cygne lui dit : « Ma commère,
Leur long cou, leur blancheur, ont certes de quoi plaire,
Et presque autant que vous j'admire leurs attraits ;
        Mais savent-ils charmer l'oreille ?
— Comment ! répondit l'oie, ils chantent à merveille ;
Jugez plutôt.... » Soudain nos oisons de crier :
Viennent à contre sens et bémol et bécarre.
        C'est un bruit, c'est un tintamarre....
        Chacun déserte le quartier.

        Plus d'une mère de famille,
        En province et même à Paris,
        Croyant faire briller sa fille,
        L'expose à nos malins souris.

Quant à H. Morel, ce nom est à retenir avec un certain respect, car celui qui le porta fut vraiment l'âme de notre Société depuis 1801 jusqu'en 1829, date de sa mort. Allez voir son portrait au Musée, dans la salle des illustrations vauclusiennes, buste en plâtre ou peinture, vous avez le choix. Considérez cette figure maigre, ces joues creuses, ce front dégagé, ces cheveux en mèches, ces lunettes à cheval sur un long nez, ces lèvres minces et serrées, ce cou engoncé dans un col tout encravaté. C'est lui, l'ex-doctrinaire, le fugitif de la Révolution réduit à la vie ancestrale des cavernes, le savant professeur du collège impérial, puis royal d'Avignon, le poète toujours à l'affût d'une épigramme, d'un bon mot, voire même d'un calembour ou d'une plaisanterie mordante, l'improvisateur toujours fécond, le complimenteur émérite, le philosophe sentimental, le troubadour provençal du *Galoubet* et par ainsi le précurseur de nos félibres, en un mot le type accompli de l'homme de lettres, avant la révolution romantique des Lamartine et des Hugo.

> « .... Bel esprit, persounage fantasque,
> Burlesque, ouriginaou, pétache et grimacier.»,

tels sont les qualificatifs qu'il se donnait lui-même dans une de ses pièces les plus amusantes. Voulez-vous connaître quelques-uns de ses vers : rassurez-vous, je ne les prendrai ni dans son *Discours sur l'incrédulité*, ni dans *la Philosophie louée par elle-même*, ni même dans *la Prédominance en poésie du sentiment sur l'esprit et l'imagination*, ni dans d'autres pièces philosophiques du même genre ennuyeux.

Voici une petite épître qu'il adressait à Mme Viot, lorsqu'elle fut reçue membre de l'Athénée de Vaucluse :

> Abjurez ce titre nouveau ;
> Croyez-moi, poète et jolie,
> Votre destin est assez beau.
> Votre devancière Sapho
> N'était point de l'Académie.
> Aux tristes honneurs du fauteuil
> Se peut-il qu'une grâce aspire ?
> Des ris ce trône est le cercueil,
> Et les grâces doivent sourire.
> Ainsi donc, reprenez vos mœurs ;
> Qu'Erato soit encore bergère :
> Rendez-lui son chapeau de fleurs,
> Son luth, ses naïves couleurs
> Et surtout son lit de fougère.

Voici dans le même genre une réponse à une jolie dame (il est à remarquer que notre ex-doctrinaire était fort aimable pour le beau sexe, peut-être aujourd'hui le trouverait-on un peu trop galant) :

> Vous m'envoyez sur le papier
> Un baiser qui peu me touche :
> Baiser qui vient par le courrier
> Pourrait-il chatouiller ma bouche ?
> Votre chimérique faveur
> Me laisse froid comme du marbre,
> Et ce fruit n'a point de saveur
> Quand il n'est pas cueilli sur l'arbre.

Voici maintenant une de ses épigrammes choisies parmi les plus innocentes ; toutes ne le sont pas et il en est de très cruelles :

> Possède-t-on nymphe jolie ?
> Compose-t-on charmans écrits ?
> On est tourmenté par les cris
> Et par les pièges de l'envie.

> Contre ces fâcheux embarras
> Florimon connaît deux remèdes :
> Il écrit des discours bien plats
> Et prend des maîtresses bien laides.

Malgré la faiblesse par trop anémique de ses rimes, Hyacinthe Morel était à Avignon, il faut le dire, le poète à la mode ; il ne se donnait pas une fête plus ou moins littéraire où on ne l'entendît, il n'était pas une séance publique de l'Athénée ou de l'Académie de Vaucluse, il n'était pas un banquet où il ne prît la parole, deux, trois ou même quatre fois. Heureux temps ! heureuses gens ! Pour nous autres, Hyacinthe Morel eut un mérite bien supérieur : ce fut d'être le secrétaire perpétuel idéal, le correspondant aux belles phrases enjolivées et enguirlandées de tous ceux qui avaient affaire avec l'Académie. Et certes, il y trouva plus d'une fois sa récompense, en s'attirant des amitiés dignes d'envie.

J'ai parlé tout à l'heure de séances publiques. L'Athénée avait en effet décidé que chaque année, le jour anniversaire de la première séance du Lycée, c'est-à-dire le 2 vendémiaire, on tiendrait de solennelles assises où l'on servirait au public les morceaux les plus délicats et où l'on décernerait des prix aux heureux gagnants des concours. Les premières années virent se réaliser ces magnifiques projets et tout Avignon applaudit les orateurs des séances des 5 vendémiaire an xi, 2 brumaire an xii et 6 messidor an xiii.

Mais peu à peu, le zèle des membres de l'Athénée se ralentit, en même temps que se raréfiaient les candidats sérieux des concours littéraires et scientifiques. Pendant de longues années on fit trève, et l'éloge de Pétrarque que l'on avait proposé ne provoqua l'enthousiasme des poètes que difficilement. On eut heureusement l'idée de choisir à la fin un sujet moins banal, donc plus séduisant : l'éloge, en vers ou en prose, de l'illustre peintre avignonais Joseph Vernet. Cette fois ce fut un gros succès ; 13 poèmes furent adressés, et l'heureux triomphateur, M. Bignan, fut couronné dans la séance mémorable du 10 octobre 1826, à laquelle assistèrent Carle et Horace Vernet. Des fêtes superbes eurent lieu dans toute la ville en cette occasion ; un souvenir en est resté : c'est la galerie Vernet du Musée.

Les fêtes de Vernet cependant ne firent pas oublier celles qui avaient eu lieu à Vaucluse, le 12 septembre 1804, pour célébrer le jour séculaire de la naissance de Pétrarque et inaugurer le monument de Caristie, élevé en l'honneur du poète avec le pro-

2

duit d'une souscription. Cette cérémonie de l'Athénée eut ses historiens : des cantates et des poèmes la célébrèrent ; moins de lyrisme aurait sans doute accompagné une fête analogue, que nous projetions cette année, si la fortune avait voulu que nous eussions pu ériger le buste de Laure près de la fontaine immortalisée par son amant.

Hyacinthe Morel fut si bien l'âme de l'Académie que, lorsqu'il mourut, ses collègues ne se réunirent plus qu'une seule fois avant de prendre des vacances interminables.

L'Académie, malgré les illustres recrues qu'elle avait faites en 1826, était donc menacée dans son existence, lorsque plusieurs de ses membres résolurent, au mois d'avril 1838, de lui donner une nouvelle vitalité. On remania le règlement, on réduisit à 25 le nombre des résidants et on adjoignit, pour parfaire ce chiffre, aux membres déjà existants, tels que le marquis de Cambis, pair de France, le baron de Montfaucon, ancien maire d'Avignon, Esprit Requien, Guérin, conservateur du Musée-Calvet, on leur adjoignit, dis-je, le préfet Mahul, Armand de Pontmartin, M. d'Anselme, le général Le Noir, directeur de la succursale des Invalides, le colonel Chantron, le docteur Prosper Yvaren et M. Blanchet, professeur de chimie et de physique.

De tous ces noms, quelques-uns sont célèbres, d'autres sont restés dans une humble pénombre, d'où ils ne sortiront jamais. Il en est un devant lequel je m'incline profondément : c'est celui d'Esprit Requien, vice-président de l'Académie de 1841 à 1847. Personne encore ne s'est levé pour retracer la vie de ce véritable savant, de cet Avignonais patriote, qui mourut victime de son dévouement à la science, après avoir dépensé sa vie et sa fortune pour ses concitoyens. Je ne sais qu'une page, digne de lui, qui ait été écrite sur son compte ; elle est de M. de Pontmartin, et je vous demande la permission de vous la lire :

« En juin 1851, mourait obscurément à Bonifacio (Corse), un Avignonais qui, dans un autre cadre, ou, comme dit M. Taine, un autre milieu, aurait pu se faire un grand nom, ou pour le moins arriver à l'Académie des sciences. M. Requien n'était pas seulement un botaniste de premier ordre, marchant de pair avec les Jussieu ; les Mirbel, les Candolle. Il possédait le génie ou l'instinct de toutes les sciences : géologue, numismate, archéologue, lisant à livre ouvert dans le livre de la Nature, il était de ceux qui reconstituent une espèce d'après un pétale, une histoire d'après une médaille, une architecture d'après un mur, un terrain d'après une coquille, une figure d'après un front ou un nez. Ce que j'appréciais le plus en lui, c'est que sa science encyclopédique n'avait rien de pédant, d'officiel ou de gourmé. Vivant familièrement avec elle, il lui avait communiqué quelque chose de sa simplicité et de sa belle humeur ; il en avait fait une bonne fille, accorte, accessible, au pied leste, à la jambe fine, au jupon légèrement retroussé, œil vif, mine éveillée, sourire à trente-deux dents, heureuse d'être au monde et remerciant le bon Dieu de l'avoir créée. La charmante littérature de M. André Theuriet, embaumée du parfum d'une flore qui lui a livré tous ses secrets, me rappelle souvent M. Requien. Il en avait le naturel et la grâce. Il rendait la botanique si attrayante, qu'on croyait la savoir en causant avec lui. Rien de plus agréable que d'herboriser avec un pareil guide. Il était à la fois maître et camarade. Ces promenades, entrecoupées d'une halte, où il avait soin de faire apporter par un des jardiniers de Saint-Martial — jardin botanique d'Avignon, — un lunch fort appétissant, sont restées un des bons souvenirs de ma jeunesse.

« Comme classificateur, il n'avait pas de rival. Son coup d'œil était infaillible. MM. de Mirbel, de Jussieu et de Candolle, déjà nommés, étaient les premiers à reconnaître les immenses services qu'il leur avait rendus pour leurs nomenclatures, leurs herbiers et leurs cours. Collaborateur anonyme, il ne leur demandait en retour que leur amitié. Sous ce rapport, il était servi à souhait, non seulement par les botanistes ses confrères, mais par toutes les célébrités qui passaient à Avignon. »

Requien avait une qualité d'un autre genre : il était fin gourmet. Les dîners donnés chez lui, dans cette chambre décrite par Pontmartin et ombragée par ce figuier, dont « une seule feuille aurait suffi à rassurer les pudeurs subites d'Ève après le péché et un seul des fruits incomparables aurait justifié la désobéissance d'Adam », ses dîners, dis-je, cuisinés par sa mère, l'excellente Mme Requien, dont le portrait par Bigand est si remarquable de vie et d'expression, étaient célèbres dans tout le pays, j'allais dire dans toute la France. Tous les dimanches, et surtout à l'occasion de la présence à Avignon de tel ou tel personnage illustre, Requien groupait autour de sa table ses amis de l'Académie de Vaucluse. C'est à un de ces dîners académiques que Mérimée fut présenté pour la première fois aux Avignonais et leur servit comme régal la lecture de sa nouvelle *Les Ames du Purgatoire*.

Après Requien, j'aurais bien désiré encore vous dépeindre certaines figures, qui ont certes une physionomie peu banale : le

général Le Noir, « qui avait à son actif, au dire de M. de Pontmartin, une jambe de bois et une traduction d'Horace également
en bois » ; M. de Pontmartin lui-même, dont le souvenir est
encore si vivace dans la société avignonaise ; le colonel Chantron,
auteur des lithographies si recherchées sur Avignon et les environs ; ce grand original de Castil-Blaze, enfin le docteur Yvaren,
lettré des plus fins et des plus élégants, nommé secrétaire perpétuel de l'Académie de Vaucluse, le 13 février 1841. Mais le temps
me presse et je dois me hâter.

De 1839 à 1847, c'est encore la section d'agriculture et du commerce qui eut le plus d'activité : c'est en faveur de ses travaux
que l'État donnait des subventions. Pour être à même d'obtenir
de plus grandes largesses, elle demanda, dès 1841, à être constituée en société spéciale, annexe de l'Académie de Vaucluse. Cette
satisfaction lui fut refusée tout d'abord, mais quand les séances
de l'Académie furent encore une fois interrompues, elle réussit à
s'organiser séparément : elle est devenue cette Société d'agriculture et d'horticulture du département de Vaucluse, si florissante
aujourd'hui, qui, en 1899, célébrait le premier cinquantenaire de
sa fondation.

Le nouveau sommeil de l'Académie dura plus longtemps que le
premier ; beaucoup crurent à sa mort. Grâce au docteur Prosper
Yvaren, dont le nom restera toujours en honneur parmi nous,
elle a repris une existence qui s'étendra, nous l'espérons bien, sur
plusieurs siècles. En 1880, en effet, un groupe de plusieurs personnes estima qu'il était profondément regrettable de laisser
presque inculte un champ d'investigations aussi riche que celui
du département de Vaucluse, et décida de fonder une société
savante, qui étudierait plus spécialement l'histoire et les sciences
naturelles relatives au pays. Ce fut dans les grottes préhistori-
ques de Saint-Geniès de Comolas, explorées par MM. Carre,
Duhamel, Laval, Nicolas et Pamard, que la résolution en fut prise.
Le docteur Yvaren, sollicité, exposa que l'Académie de Vaucluse,
réduite à trois ou quatre membres, n'était pas encore défunte,
qu'elle avait dans sa caisse un reliquat de comptes, et qu'il n'y
avait en somme qu'à remplir un cadre déjà existant. L'accord se
fit rapidement, de nouveaux statuts furent élaborés et l'Académie
reprit sa marche en avant. Nos aînés avaient considéré comme
accessoire la publication d'annales ; les académiciens de 1880
pensèrent, au contraire, que c'était là, en définitive, la raison d'être
de la Société, et que ses travaux, répandus dans le monde savant,

lui constitueraient son principal titre d'honneur. Après quelques tâtonnements inévitables, parut, en 1882, le premier fascicule des séances de l'Académie de Vaucluse, d'abord semestriels, bientôt trimestriels. Depuis, nous avons publié chaque année un volume de plus en plus important, auquel on veut bien reconnaître un intérêt de plus en plus grand. Il n'est pas possible d'énumérer ici, même sommairement, les articles qui en ont rempli les pages : je préfère vous renvoyer aux tables substantielles, que notre actif secrétaire, M. l'abbé Jules Méritan, a confectionnées il y a quelques mois.

Vous y verrez que, sans avoir parqué nos adhérents dans des catégories aussi rigoureuses que celles de l'Athénée et de l'Académie de 1838, nous avons abordé les questions les p'us diverses: la philosophie, les sciences économiques et sociales, les matières d'éducation, les sciences physiques, la zoologie, la botanique, la géologie et la paléontologie, la météorologie, les beaux-arts, la littérature, l'archéologie préhistorique, romaine et gallo-romaine, l'archéologie du moyen âge, l'épigraphie, la numismatique ancienne et moderne, les questions géographiques, l'histoire d'Avignon et de l'ancien comté Venaissin, sans préjudice de quelques empiètements sur les régions voisines du Languedoc et de la Provence. Je m'étais promis de ne citer aucun nom d'auteur : permettez-moi cependant de faire une exception en faveur de notre cher doyen d'âge et président honoraire, M. Alphonse Bagnier, qui, dans sa verte vieillesse, produit des œuvres qu'envieraient bien de ses collègues dans toute la force de l'âge et de l'intelligence.

Je voudrais aussi vous rappeler d'un mot ceux qui, depuis 1880, exercèrent une heureuse influence sur les destinées de notre Académie et que la mort a fauchés dans nos rangs. Ce sont, après le docteur Yvaren, MM. d'Audeville, le poète spirituel et primesautier ; Cerquand, l'amateur curieux des anciennes traditions ; Chantron, le fils du colonel, et Tiquet, des trésoriers parfaits; Gilles, l'archéologue passionné, je dirai même trop passionné ; le jeune poète Marie-André Haguenot, qui donnait de si belles espérances ; l'abbé Marius Méritan, notre dévoué secrétaire et l'historien de Saint-André de Villeneuve ; Hector Nicolas, dont les travaux zoologiques, paléontologiques et géologiques ont été innombrables et feront vivre longuement sa mémoire ; Rochetin, notre ancien président, si érudit dans toutes les questions d'archéologie gauloise et romaine, et l'historien de la ville d'Uzès, où il repose pour toujours ; Joseph Roumanille, le poète provençal que vous connaissez tous. Il y a quelques jours encore, nous conduisions à sa dernière demeure M. Léopold Rouvière, qui accordait à notre Compagnie une estime dont elle sentait tout le prix.

Les vides se comblent heureusement très vite ; des hommes jeunes et pleins d'ardeur sont venus à nous ; ils garantissent l'avenir de notre Société et nous enlèvent toute crainte de la voir retomber dans une fatale léthargie. Ils lui feront, j'en suis sûr, une place encore plus honorable à la belle lumière du jour et lui vaudront des sympathies de plus en plus nombreuses.

Dès sa réorganisation, notre Académie a établi des concours de beaux-arts, de poésie et d'histoire. Les premiers ont donné des succès qui faisaient mieux présager de l'avenir ; pour les derniers, les candidats se sont faits de plus en plus rares et ont traité les sujets avec moins en moins de bonheur ; aussi avons-nous renoncé pendant quelques années à de nouvelles épreuves. Les prix ont été décernés dans des séances solennelles que le public avignonais a bien voulu suivre avec faveur, et ce m'est un devoir bien agréable de vous en remercier. En quelques-unes, nous avons été assez heureux pour pouvoir vous offrir la primeur d'œuvres musicales des membres de notre Académie ; sans nous en douter, nous reprenions une idée de l'Athénée de Vaucluse, qui, le 23 germinal an XIII, s'était proposé de donner une audition des pièces adressées par M. de Bernardi-Valerne. L'approbation donnée à notre tentative nous a décidés, lors de la préparation des présentes fêtes, à solliciter de la Société des concerts vocaux un concours qu'elle ne nous a pas marchandé. Notre concert de mardi prochain aura, nous en sommes assurés, un succès des plus flatteurs, et nous confirmera dans notre projet d'organiser régulièrement des assemblées musicales, où seront exécutées plus spécialement les œuvres de nos adhérents.

Vous n'avez pas moins goûté, Mesdames et Messieurs, les quelques conférences auxquelles nous avons pu vous inviter. Les dernières, celles de notre ancien vice-président, M. Eysséric, sont encore présentes à votre souvenir. Nous les renouvellerons et nous comptons même en organiser des séries sur les matières les plus variées.

Ce rapport sur les travaux de l'Académie pendant un siècle, j'aurais voulu le faire plus complet et surtout le rendre plus attrayant pour les oreilles qui m'écoutent. Les circonstances ne me l'ont guère permis. Peut-être conterai-je un jour par quelle galopade de trains les phrases ont été rythmées, par quelles harmonies wagnériennes elles ont été bercées ; ce serait une curieuse anecdote sur les fêtes de notre Centenaire. Tel qu'il est, il suffira cependant à témoigner combien nous avons à cœur d'être agréables à nos compatriotes.

Vous le constatez par vous-mêmes, les sujets d'étude ne nous manquent pas, et notre activité peut se déployer sur des champs de plus en plus étendus. Par la publication de nos Mémoires, par nos séances et nos conférences, nous aspirons à remplir un rôle social. Cette tâche nous sera rendue plus facile, si vous voulez bien, Mesdames et Messieurs, nous continuer votre bienveillance.

Les Médecins
à l'Académie de Vaucluse en 1801

(J.-C. PANCIN ; J.-B.-A.-B. PAMARD),

PAR M. LE Dʳ PANSIER.

I.

La Faculté de médecine d'Avignon officiellement ne disparut qu'à la Révolution ; mais, en réalité, elle était morte avant que la Convention eût supprimé les Universités par la loi du 19 août 1792. Les étudiants avaient déserté son enseignement, et elle était devenue un centre d'étude et de réunion plutôt qu'un corps enseignant.

Pendant la tourmente révolutionnaire, les débris du corps médical eurent une destinée variable : les uns, comme Voulonne, Gastaldy, furent contraints de se soustraire par la fuite au sort que leur réservait la sommaire justice des soi-disant patriotes ; quelques-uns furent seulement jetés en prison, comme Calvet ; d'autres, plus heureux, comme Pamard et Pancin, en furent quittes pour quelques vexations.

Une fois la paix et la tranquilité rendues au pays, quelques hommes instruits songèrent à fonder une société qui réunirait l'élite intellectuelle du département.

Si l'idée ne vint pas de lui, du moins les premières démarches dans ce sens furent faites par le représentant d'une vieille famille chirurgicale d'Avignon, par Jean-Baptiste Pamard.

Le Lycée de Vaucluse tint sa première séance le 2 vendémiaire an x (22 septembre 1801) : il commença par changer son nom en

JEAN-BAPTISTE-ANTOINE-BÉNÉZET PAMARD
(1703-1827)
D'après le portrait peint par son père.

celui d'Athénée de Vaucluse (1). Cette Société comprenait trois classes et six sections. Dans la section des sciences médicales figuraient: un pharmacien, Guérin père; deux chirurgiens, Pamard et Sauvan; trois médecins, Guérin fils, Voulonne et Pancin (2).

II.

Guérin père (Joseph-Raymond, 1745-1836), pharmacien de son état, était un physicien remarquablement ingénieux. Il s'occupa d'électricité médicale: plusieurs mémoires de lui ont paru dans le *Journal d'histoire naturelle ou la Nature considérée sous ses différents aspects*, publié par Bertholon et Boyer. (Paris, 1787-1789, 9 vol. in-8°). Il communiqua à la Société de médecine d'Avignon la guérison d'une paralysie du muscle releveur de la paupière droite, causée par un coup violent. L'affection, qui avait déjà été traitée sans succès par les remèdes rationnels, guérit en dix jours d'électrisation au moyen de pointes métalliques (électricité statique). A la même Société, Guérin communiqua l'observation curieuse d'une plaie qui, chaque année à la même époque, se rouvrait, suppurait quelques jours, puis se cicatrisait spontanément. A l'Athénée, il communiqua de nombreux mémoires, dont un, sur les brouillards, fut l'occasion, pour Hyacinthe Morel, secrétaire perpétuel de l'Athénée, professeur de littérature et poète attitré de toutes les célébrités avignonaises, de lui adresser une longue et filandreuse épître.

Guérin fils (Joseph-Xavier-Bénézet, 1775-1850), avait suivi les cours de la Faculté de Montpellier. Ses premières études le portèrent vers la botanique, et, en 1798, il envoya à la Société de médecine de Lyon un mémoire sur les propriétés hygrométriques du *lichen duplicatus* de Linné (3). Il fut bientôt nommé médecin en chef de l'hôpital, où, le 3 juillet 1810, il inaugurait un cours de médecine pratique.

Le rôle de Guérin a surtout consisté à seconder Pamard dans la propagation de la vaccine. Le *Courrier d'Avignon*, du 21

(1) En 1814, l'Athénée changea son nom prétentieux contre celui plus simple d'Académie de Vaucluse.

(2) Barjavel (*Dictionnaire historique, biographique et bibliographique du département de Vaucluse*, Carpentras, 1841, 2 vol. in-8°) donne des articles bio-bibliographiques assez complets sur Voulonne et Guérin père et fils; il ne cite ni Pancin, ni Sauvan, et son article sur J.-B.-A.-B. Pamard est rempli d'inexactitudes.

(3) Un placement de lichen passant de l'humidité à la sécheresse absolue varierait, d'après Guérin, du sixième de sa longueur.

septembre 1809, s'exprime ainsi sur le compte de Guérin : « Le chef de cet apostolat est, parmi les officiers de santé, M. le docteur Guérin, médecin de l'hôpital d'Avignon, homme rempli de désin-téressement. Il a rédigé un petit catéchisme qui porte la convic-tion dans tous les esprits, parce qu'il y parle aux sens autant qu'à la raison : voilà pour les papas. Quant aux enfants, ils regimbent d'abord, ils pleurent ; mais les caresses de M. Guérin commencent la conversion, les dragées font le reste. C'est au point que les enfants subissent l'opération quelquefois en riant et regardent la lancette comme un joujou. »

Guérin fut aussi un littérateur (1) ; il cultivait les Muses, et, en

(1) Voici la liste complète de ses œuvres :

1° *Essai d'histoire naturelle et de médecine,* ouvrage périodique par les citoyens G. et Waton, médecins. 3 vol. in-12, Carpentras, 1798.

2° *Fragment d'une topographie physique et médicale du département de Vaucluse.* Montpellier, in-8°, 1802.

3° *Discours sur l'étude de la médecine.* Montpellier, in-8°.

4° *Réflexions sur la vaccine.* Avignon, 1802, in-8°.

5° *Réflexions sur l'inoculation moderne, suivies de l'instruction de Jenner.* Avignon, 1803, in-8°.

6° *Rapport sur la vaccination générale de l'arrondissement d'Orange,* Avignon, 1810, in-8° de 92 p.

7° *Réflexions sur la vaccine.* Orange, sans date.

8° *Mémoire sur un cas de tétanos somnambulique.* Mémoire communiqué à l'Athénée de Vaucluse, 16 septembre 1801.

9° *Des dangers des innovations en médecine.* Mémoire communiqué à l'Athénée de Vaucluse, 19 septembre 1802.

10° *Rapport sur les maladies régnantes* (en collaboration avec le docteur Nicolas, ancien médecin des armées), lu à la Société de médecine d'Avignon, le 19 septembre 1802.

11° *Mémoire sur le décroissement des températures souterraines en raison de la hauteur des lieux sur le niveau de la mer.* Avignon (?).

12° *Le tombeau de Laure,* Avignon, 1804, 1er vol. des Mémoires de l'Athénée de Vaucluse.

13° *Description de la fontaine de Vaucluse, suivie d'un essai d'histoire naturelle de cette source, et d'une notice de la vie et des écrits de Pétrarque.* Avignon, 1804, in-12, et 2e édit., 1813, in-12.

14° *Discours sur l'histoire d'Avignon.* 1807, in-12.

15° *Vie d'Esprit Calvet, suivie d'une notice sur ses ouvrages et sur les objets les plus curieux que renferme le musée dont il est le fondateur.* Avignon, 1825, in-12.

16° *Voyage à la Grande-Chartreuse et à la Trappe d'Aiguebelle, suivi d'une notice sur les pétrifications des environs de Saint-Paul-les-trois-châteaux.* Avignon, 1828, in-12.

17° *Panorama d'Avignon, de Vaucluse, du Mont-Ventoux et du col du Longet, suivi de quelques vues des Alpes françaises.* Avignon, 1829, in-12.

18° *Mesures barométriques, suivies de quelques observations d'histoire naturelle et de physique faites dans les Alpes françaises, et d'un précis de météorologie d'Avignon.* Avignon, 1829, in-12.

19° *Observations sur le plus ou moins d'exactitude des mesures barométriques prises a de grandes distances du baromètre sédentaire, suivies de quelques recherches sur la*

1810, il souhaitait la bienvenue au nouveau préfet de Vaucluse par une pièce en vers, qui n'est, hélas! guère supérieure aux productions en ce genre de l'Homère avignonais, Hyacinthe Morel :

POÉSIE ADRESSÉE AU BARON DE STASSART,

DANS LA SÉANCE OU IL FUT NOMMÉ PRÉSIDENT DE L'ATHÉNÉE.

Toi, des infortunés le protecteur, le père,
Toi qu'on aime partout, que partout on révère,
Daigne en ce jour heureux applaudir à mes chants,
        De mon cœur ils sont les accents.
    Je le sais, il est téméraire
    De m'élever jusques à toi,
Je ne chantai jamais ni prince, ni bergère,
    Ni héros, ni vainqueur, ni roi,
Mais tu parus, Goswin, et je connus un HOMME.
    Je vis en toi seul réunis
Et les sages d'Athène et les sages de Rome
        Et l'urbanité de Paris.
        Tu nous peignis la bienfaisance
        Sous les traits les plus séduisants :
        Partout les vieillards, les enfants,
    S'applaudissaient de ta douce présence.
Tu bannis à jamais ce fléau destructeur (1),
Toujours devant tes pas naissait le vrai bonheur.
        Oh ! quelle douce jouissance]
        Pour tes amis et pour ton cœur !
        Quel plaisir au-dessus du nôtre !
        Tu réunissais les époux
Que couronnait l'amour, mais que le sort jaloux
    Tenait éloignés l'un de l'autre.
        On vit souvent couler tes pleurs,
    Ils se mêlaient à ceux de la misère.
Et tout en prodiguant ton or et les faveurs,
    Tu nous gardais un cœur de père.

pente du Rhône à la mer, et sur la pression moyenne de l'atmosphère au niveau de la Méditerrannée. Avignon, 1839.

20° Observations météorologiques faites à Avignon, suivies d'un tableau monographique des taches du soleil, et de quelques considérations sur l'aspect physique du globe lunaire. Avignon, 1839, in-18.

21° Observations faites à Visan (Vaucluse) relatives à l'éclipse totale de soleil du 3 juillet 1847. Orange, 1847, in-32.

22° Preuves de la vérité et de l'excellence du christianisme, d'après les auteurs sacrés et profanes. Avignon, 1839, in-12.

23° Abrégé de l'histoire d'Avignon, à l'usage des voyageurs et des personnes qui désirent trouver réunis dans un petit nombre de pages les événements les plus mémorables de cette histoire. Avignon, 1841, in-16.

(1) Variole.

Ferme soutien des bonnes mœurs,
Autant la vertu respectable
Trouvait un défenseur en toi,
Autant le vice méprisable
Craignait l'empire de ta loi.
Bientôt la prompte renommée
S'enorgueillit de tes hauts faits,
NAPOLÉON sourit à tes nombreux bienfaits
Et nous joint à ta destinée.
Alors protecteur plus puissant
Des pauvres, des vertus, des beaux-arts, du talent,
On ressentit partout ton heureuse influence
Et ton souffle vivifiant.
Un fleuve impétueux ravage en vain nos plaines ;
En vain la fureur de ses eaux
Arrache au laboureur le tribut de ses peines;
Tes bontés soulagent ses maux.
Regarde devant toi le temple de mémoire,
Poursuis avec ardeur tes desseins généreux :
Clio de tes bienfaits racontera l'histoire,
En t'offrant pour modèle à nos derniers neveux (1).

Un mauvais médecin peut faire un bon architecte, dit Boileau, mais plus généralement un bon médecin ne fait qu'un mauvais poète.

Voulonne (Ignace-Vincent, 1738-1807) eut une existence tourmentée : né en Espagne, il fut amené chez les Jésuites de Lyon. Il y fit son éducation et y enseigna les mathématiques. A la suppression de la Compagnie, ne se trouvant engagé par aucun vœu, il étudia la médecine et se fit immatriculer à l'Université d'Avignon, le 4 avril 1764. Nous le voyons ensuite deux fois titulaire de la chaire de médecine (de 1775 à 1781); il occupa six ans la chaire d'anatomie, trois ans celle de botanique. Ses relations d'amitié avec les infâmes aristocrates l'obligèrent à fuir en 1791 le zèle des bons patriotes : il émigra avec son ami le marquis de Lavalette. Retourné dans sa patrie, il prit une place honorable dans le corps médical, et en 1802, à la fondation de la Société de médecine d'Avignon, Voulonne fut porté à la présidence, qu'il occupa jusqu'à sa mort. Il mourut en 1807, vice-président de l'Athénée de Vaucluse, qui délégua Hyacinthe Morel pour lui consacrer un pompeux panégyrique.

On a de Voulonne deux mémoires de médecine (2), sans grand

(1) *Le Courrier d'Avignon*, 1er nov. 1810.
(2) *Quelles sont les maladies dans lesquelles la médecine agissante est préférable à l'expectante, et celle-ci à l'agissante*, etc. Avignon, 1776, in-8°, traduit en allemand par Gebhardt. Vienne, 1798.
Caractères des fièvres intermittentes et circonstances dans lesquelles les fébrifuges

intérêt aujourd'hui. Voulonne était aussi très bon musicien : très ferré sur le contrepoint, il avait imaginé de réduire la musique en système décimal. On raconte, au sujet de sa facilité à écrire, l'anecdote suivante : Voulonne, un soir, se laissa entraîner au jeu et perdit 400 livres. Cette perte dérangeait considérablement l'équilibre de son budget, sa fortune étant fort modique. Rentré chez lui, il se souvint que l'Académie de Dijon avait mis au concours un sujet de médecine, avec la perspective d'un prix de 400 livres pour le lauréat. Mais le terme était proche, et Voulonne n'avait devant lui que deux jours. En deux jours le mémoire fut terminé, et il décrocha le prix.

Quant à Hiéronime Sauvan, comme les peuples heureux, il n'a pas d'histoire. Il était fils de François Sauvan, « associé de maître Giraud, un de nos chirurgiens », dit le *Livre de réception des maîtres en chirurgie de cette ville d'Avignon*. François Sauvan fut reçu chirurgien le 30 juillet 1747 ; il fut nommé procureur de la corporation en 1749. Hiéronime, son fils, fut reçu chirurgien le 8 juin 1775 (1). Ce devait être un modeste mais dévoué praticien, adonné à son art, sans ambition ni cure de grandeurs.

Nous passons rapidement sur les quatre premiers représentants du corps médical à l'Athénée ; les deux derniers, Pancin et Pamard, vont nous arrêter plus longuement.

III

Jean-Claude Pancin naquit à L'Isle-sur-Sorgue vers 1743 ; il commença son éducation médicale à Montpellier, où il présente, en mars 1762, une thèse, *pro baccalaureatus gradu consequendo*, intitulée : *De tertiana*. Nous le trouvons ensuite terminant ses études à Paris ; là, en 1765, il rédige l'*Index plantarum horti regii Parisiensis, sub professore Bernardo de Jussieu*. C'est en 1767 qu'il vient se fixer à Avignon. Il est agrégé à la Faculté le 7 novembre de la même année. Le 13 septembre 1768, il est appelé à professer l'anatomie. Deux ans après, il est chargé du cours de botanique. Pancin fut rappelé trois fois à cet enseignement, en 1774, en 1780,

doivent être employés. Avignon, 1786, in-8°. — Ces deux opuscules sont ses mémoires couronnés par l'Académie de Dijon en 1776 et 1782.

(1) *Le livre de réception des maîtres en chirurgie de cette ville d'Avignon*, manuscrit de la Bibl. du Musée Calvet, fol. 125 b et 99 b.

Sauvan père vivait en 1791, et nous trouvons sa signature parmi celles des personnes de l'art appelées à assister à l'exhumation des victimes de la Glacière.

en 1784. En 1787, il abandonne la chaire de botanique pour devenir titulaire de la chaire de médecine jusqu'en 1790 (1).

Pancin fut, en réalité, le dernier professeur de médecine de la Faculté, quoique officiellement Vicary (2) ait été titulaire de la chaire après lui (de 1790 à 1792). Mais nous savons que durant l'année scolaire 1788-1789, la Faculté ne comptait plus qu'un étudiant ; l'année suivante, les cours furent suspendus, faute d'auditeurs. La dernière année, 1790-1791, est marquée par les massacres de la Glacière : professeurs et élèves ont disparu, soit qu'ils se cachent au zèle des patriotes, soit qu'ils aient fui l'inhospitalité du nouveau régime, où, nous raconte Pierre Pamard, « on bourre de coups de crosse les honnêtes gens et on les incarcère, mais toujours au nom de la liberté ».

Le 28 août 1792, l'Université d'Avignon remettait entre les mains de la municipalité sa masse d'argent, dernier signe de sa puissance et de son existence.

Pancin fut nommé médecin de l'hôpital vers les dernières années du siècle. Nous le voyons, en 1804, délégué par la Société de médecine pour être adjoint au citoyen Gueyrard, chargé d'aller étudier la maladie contagieuse qui sévit dans l'hôpital et les prisons d'Orange, et nommé, avec Pamard, Voulonne, Brunel et Guérin fils, membre de la commission de vaccine. Il mourut le 19 février 1808.

Pancin fut un modeste et un travailleur : « Il cultivait son art et les lettres dans l'ombre du cabinet et dans une sorte d'obscurité physiologique, nous raconte l'auteur anonyme de sa nécrologie à l'Athénée de Vaucluse. Étranger à toute espèce d'intrigues, exempt de ce charlatanisme de mots et de manières qui constitue le mérite des médecins qui n'en ont point, il attendait chez lui, dans le silence du travail, la confiance que les empiriques attirent à grand bruit. Latiniste érudit, il parlait et écrivait la langue de Cicéron avec une élégance d'expression qui devient plus rare de jour en jour. »

(1) Laval, *Histoire de la Faculté de médecine d'Avignon*. Avignon, Seguin frères, 1889, *passim*.

(2) Dominique-Isidore Vicary, de Châteaurenard en Provence, prit sa première inscription à la Faculté de médecine d'Avignon en octobre 1758 ; il est reçu docteur en 1761. Il a été titulaire des chaires de botanique (1768, 1778, 1782', d'anatomie ,1787), de médecine (1772, 1790). En 1804, il figure à l'Athénée de Vaucluse comme membre honoraire. Je ne connais de lui rien en dehors de sa thèse : *De lymphae secretione, natura et usu*. Avignon, 1761, 20 pages.

Pancin n'a rien publié, mais a laissé de nombreux manuscrits, dont voici la liste complète :

1° Index plantarum horti regii Parisiensis anno 1765, sub Bern. de Jussieu.
2° Cours de botanique, deux volumes.
3° Journal de mes malades, 1793-94-95.
4° Tractatus de febribus.
5° Mémoire sur les fièvres exanthématiques.
6° Tractatus de morbis pulmonum chronicis.
7° Aphorismi de materia medica.
8° De obstipitate tractatus.
9° Tractatus de hypopio.
10° Recueil de remèdes nouveaux contre les maladies vénériennes proposés par J.-C. Pancin.
11° Catalogus plantarum in horto botannico Avenionensi nascentium, anno 1783.
12° Traité de l'asthme.
13° Remarques sur le cours des maladies de M. de Chirac, un fort vol. in-8°.
14° Duo materiae medicae tractatus, quorum primus gallico idiomate a domino Venel, alter vero latine conscriptus a domino de Sauvages, professoribus illustrissimis in universitate medicinae Monspelliensi, anno 1763. Un fort vol. in-8°.
15° Un volume de discours académiques prononcés par Pancin aux réceptions des docteurs.

Pancin rapporta de Paris, où il avait suivi les cours de Bernard de Jussieu, le goût et l'amour de la botanique. Nous possédons de lui un volumineux manuscrit (cours de botanique en 2 volumes de 600 pages chacun) qui se lit encore avec intérêt. Mais son œuvre principale, celle à laquelle il travailla toute sa vie, c'est son herbier. Cet herbier précieux, en mourant, il le légua à l'hôpital avec sa riche bibliothèque ; *margaritae ante porcos,* son herbier et ses livres gisent à cette heure dans un grenier de l'hôpital, rongés par les vers et les rats.

Nous ne suivrons pas actuellement Pancin dans l'étude de ses ouvrages de médecine ; arrêtons-nous un moment sur ses discours académiques, qui vont nous faire revivre la vie de la vieille Faculté.

Reportons-nous cent ans en arrière, et assistons à une séance de réception au doctorat en 1785. Dans l'amphithéâtre de la Faculté, le promoteur prend place sur la chaire magistrale ; le récipiendaire est assis devant lui sur une chaire basse. Le primicier, représentant du légat du pape, siège en face, entouré de tous les docteurs de la Faculté. C'est Pancin qui est le promoteur, revêtu de l'épitoge, coiffé du bonnet carré, qui fait mieux ressortir sa figure monacale douce et paterne, et il prononce son discours sur le rôle du médecin (*de medici officio*) : « Plus la profession d'un ouvrier est utile à l'humanité, plus on demande à cet ouvrier d'adresse et d'habileté ; aussi ne devons-nous pas nous étonner qu'on attende du médecin la connaissance approfondie des sciences, pour remplir dignement la lourde tâche qui lui incombe (1). » Entrant ensuite dans l'examen des diverses doctrines médicales : « Repoussons loin de nous, dit-il, ces doctrines bâtardes et fausses, conçues par des cerveaux maladifs, engendrées par la soif de l'or et des richesses, nourries par l'ignorance, entretenues par l'aveugle crédulité populaire (2). » Ces doctrines bâtardes, auxquelles fait allusion Pancin, ce sont, il nous le dit ensuite, l'uromancie, l'art de reconnaître les maladies à l'inspection des urines, à leur goût, à leur couleur ; l'hæmatoscopie, qui repose sur le même principe, substituant le sang à l'urine ; la chiromancie, qui est l'apanage des charlatans.

Pancin explique ensuite comment les différentes branches de la médecine s'embrassent et se complètent : « L'anatomie d'abord, souillée de sang humain, mais cependant si utile à l'homme : elle déchire les dépouilles mortelles de l'être humain, sans porter l'insulte ni l'outrage dans les corps qu'elle dissèque ; elle va chercher dans le cadavre les secrets de la vie ; elle dévoile les arcanes des organes des morts pour en faire naître la guérison des vivants (3). » Pancin passe ainsi en revue la physiologie, la botanique, la chimie, la pathologie et la thérapeutique, montrant le rôle et l'intervention de chaque branche dans la pratique médicale.

Il aborde maintenant des conseils plus pratiques : « Dans votre assiduité au lit des malades, ne prenez jamais votre intérêt pour guide. Ne portez pas envie à la fortune ou au succès de vos confrères, ne méprisez pas leurs travaux. Soyez habile et prudent, modeste et affable ; fuyez toute jactance, soyez ami de la concorde. Prenez pour passe-temps l'étude, considérez la science comme votre richesse ; que la vertu soit votre noblesse ; que l'unique but de votre vie soit le soulagement des malades. Dans le diagnostic des affections, montrez-vous méticuleux ; soyez

---

(1) Artis cujuslibet utilitas artificis peritia semper promovetur, et eo peritior desideratur artifex, quo utiliorem profitetur artem. Inde non mirum quod tanta de medico expectent bene docti, tantumque medico injungant adimplendi muneris onus.

(2) Spuriam igitur medici respuimus doctrinam quam putridum concepit cerebrum, malesuada peperit auri fames, crassa nutrix aluit ignorantia, cæca promovit populi credulitas.

(3) Hæc prima nobis occuret anatomes, humano sanguine cruentata et hominibus amicissima, tristes mortalium exuvias ferro dilacerans, nec in benignos injuriosa manes, mortuorum putrefacta morte vivorum vitam docens et cadaverum sectionibus salutis indicans viam.

perspicaces dans l'appréciation des symptômes, étudiez avec
soin les phénomènes qui ont précédé la maladie et ceux qui
l'accompagnent. Dans le pronostic, apportez une sage prudence :
ne présagez pas audacieusement de l'avenir, de peur, prophète
téméraire, de vous ridiculiser aux yeux de la populace. Ne soyez
ni trop optimiste, ni trop pessimiste. N'imitez pas ces médicastres
honteux et répugnants, qui, par de trompeuses paroles, font
croire à la gravité d'une affection légère, pour se donner ensuite
la gloire de la guérison et pouvoir évaluer leurs honoraires à un
taux en rapport avec la gravité qu'ils ont faussement prêtée à la
maladie. Dans la thérapeutique à apporter à chaque maladie,
ne soyez ni trop crédule, ni trop audacieux, ni trop timide. Une
grande crédulité expose aux erreurs fréquentes ; trop d'audace,
à des tentatives dangereuses ; trop de timidité, à une expectative
impuissante. Laissez la crédulité aux stupides matrones, l'audace
aux charlatans ambitieux, la timidité aux ignorants (1). »

Nous sommes à la fin du discours ; le massier a apporté les
insignes du nouveau docteur : « Je ne veux pas, continue Pancin,
que mes paroles retardent plus longtemps le moment de votre
triomphe. En vertu des pouvoirs à moi délégués par le chancelier
de notre Université, je vous déclare et promulgue docteur en
médecine, avec tous les privilèges attachés à ce titre, tant par les
souverains pontifes que par les rois et les princes de l'Europe.
Et selon la tradition que nous avons reçue de nos ancêtres, je
vous remets les insignes de votre nouveau grade. Voici donc que
je dépose sur votre tête le bonnet carré orné d'un flocon de
pourpre : qu'il vous soit un stimulant pour travailler à l'avance-

(1) Verum dum curandis assidebis aegrotis, nec tui tantum commodi studio
ducaris, nec alienae invideas fortunae, nec aliorum arroganter despicias labores.
Sed cautus et prudens, modestus et affabilis, haud amarulentus et ad concordiam
facilis ; pro deliciis habeas studium, pro divitiis scientias, pro nobilitate virtutem,
pro exoptata tui muneris fine aegrotantium salutem.
  In eruenda morborum diagnosi sedulus sis et perspicax symptomatum judex ;
quae praecesserunt, quae comitantur accuratius perpendas et dijudices, nec causam
quae abest perperam incuses. In declaranda prognosi omnigenam adhibeas pru-
dentiae cautelam, nec unquam de futuris audacter pronuncies, ne saepius irridendum
populo te praebeas temerarium prophetam.
  .....Medicastrorum solutum respuas morem, qui morbi periculum mendacibus
verbis amplificant, tum ut majorem famam aut uberiorem sibi concedent mercedem
dum sanatur aeger, tum ut minori notentur ignominia dum fatis occubuit aegrotans.
In praescribenda cujusque morbi therapeia, nec nimis sis credulus, nec nimis audax,
nec nimis timidus. Nimia credulitas saepius errat, nimia audacia nimis teniat, nimia
timiditas nihil agit. Credulitatem stolidis dimittas mulierculis, audaciam ferinis
circulatoribus, timiditatem indoctis homunculibus.

ment de la science. A votre doigt je passe l'anneau d'or, en souvenir de celui que l'empereur Auguste passa au doigt de son médecin Musa ; c'est aussi le symbole de l'alliance qui vous attache à la médecine et qui vous rappelle que votre vie doit être consacrée à en accroître la splendeur. Ceignez vos reins de cette ceinture d'or, c'est le lien de la charité qui vous attache au service des malades pauvres. Ces livres que je vous présente, l'un ouvert, l'autre fermé, c'est pour rappeler que si vous devez vous appuyer sur l'expérience des autres, vous devez encore par vous-même étudier les maladies sur le malade (1). »

Descendant alors de sa chaire magistrale et y faisant monter à son tour le jeune docteur, le promoteur continuait : « Asseyez-vous maintenant dans cette chaire magistrale, cher docteur et ami, sans orgueil pour le nouveau titre qui vous est conféré, mais pénétré de la responsabilité de votre nouveau rôle : la Faculté vous donne aujourd'hui le droit d'enseigner ; mais dans vos leçons aux autres, n'oubliez pas que la simple observation des faits doit passer avant les assertions des systèmes les plus en honneur.

« Il ne me reste plus maintenant qu'à vous féliciter chaleureusement et à vous embrasser comme un ami, priant Dieu de vous donner le bonheur, de rendre la santé à ceux qui se confieront à vos soins, et de vouloir bien confirmer par la sienne ma paternelle bénédiction (2). »

(1) Verum ne tuum videar amplius immorari triumphum, optatum gradum tuisque meritis debitum libenter impertiri propero. Itaque, auctoritate mihi delegata a procancellario reverendissimo et devoto, amplissimorum patrum te nobilem dominum XXX medicinae doctorem creo, facio, nuncupo et promulgo cum omnibus privilegiis a summis pontificibus celerisque Europae principibus Academiae nostrae concessis ; et ut maiorum solito mori satisfiat, insignia doctoralia tibi lubentissime confero.

En igitur pileum quadratum flosculo purpureo coruscantem, quem capiti tuo impono, ut tibi sit novum ad ampliandam doctrinam incitamentum. Annulum aureum digito tuo iniungo ; hunc olim Musae medico, aegrotantium servatori, dono dedit imperator Augustus. Sit tanquam adeptae nobilitatis et desponsatae medicinae pignus ; simul te moneo ut adeptam nobilitatem virtute illustres, et artem tibi consociatam semper ampliando doctrinae tuo thesauro completes.

Zona aurea lumbos tuos praecingo, quasi te sanctissimo charitatis vinculo obstrictum iuberem pauperum aegrotantium saluti semper invigilare.

Libros tibi offero primum apertos, ut ex aliorum experientia fias experientior, deinde clausos ut discas absque alieno adminiculo morborum naturam investigare.

(2) Sedeas in hac magistrali cathedra, doctor carissime, nec te superbum faciat summa tibi collata novi magisterii auctoritas, sed potius te perterreat impositum magistro docenti gravissimum onus. Et alios docens, ne unquam obliviscaris quod nuda observatio sit semper splendidis systematibus praeponenda.

Nunc mihi tantum superest ut de adepto gradu tibi verissime gratuler, et te amicissime amplectar, Deum optimum maximum enixe deprecando ut tibi felicitatem, aegrotisque tuae curae committendis salutem impertiatur, et coelesti sua benedictione paternam meam benedictionem confirmare dignetur.

Revêtu de ses insignes, le récipiendaire prêtait alors le serment religieux commun à tous les docteurs de l'Université, serment auquel il ajoutait cette phrase : « Je jure aussi que, dès ma seconde visite au malade, je l'avertirai d'avoir à faire appeler le médecin spirituel ; et si, après ma troisième visite, il ne s'est pas conformé à cet avis, je cesserai mes soins auprès de lui. »

Conduit par le promoteur, le nouveau docteur parcourait les rangs de l'assemblée, recevant l'accolade d'abord du primicier de l'Université, puis des docteurs de la Faculté et des amis. De l'amphithéâtre, l'assemblée se transportait à la cathédrale pour y rendre à Dieu ses actions de grâces. La journée se terminait par le banquet traditionnel, où, le bon vin des côteaux du Rhône aidant, les poètes du cru célébraient et chantaient les futures gloires du nouveau docteur.

Notez que, dans ce cérémonial, discours et serments se prononçaient dans cette belle langue latine dont je n'ai pu vous donner qu'une traduction bien incolore, et, certes, le latin de Pancin, comme celui des actes de l'Université d'Avignon, n'a rien de Moliéresque ou qui prête au rire : ce pauvre latin qu'un imbécile, il y en a partout, voulait tout récemment proscrire de l'enseignement comme inutile.

Nous voyons aujourd'hui d'un œil un peu sceptique ces vieilles traditions et ce cérémonial suranné, qui environnaient de leur auréole mystique la collation du grade de docteur. Pour moi, je regrette ce vieux cérémonial, poétique comme les ruines : je le regrette, tout en reconnaissant l'impossibilité d'y revenir (1), car, hélas ! notre génération, dans sa matérialisation pratique, ne croit plus à la poésie des choses, et c'est bien de nous qu'on peut dire:

Nous, vieillards nés d'hier, qui nous rajeunira?

(1) Seule la Faculté de médecine de Montpellier a conservé un souvenir de ces vieilles traditions: immédiatement après la collation du grade, le nouveau docteur prête le serment d'Hippocrate. Cette formule, qui doit remonter tout au plus à la fin du XVIIIe siècle, est pleine de sages enseignements ; sa forme grotesque, qui la fait ressembler à une formule d'arrière-loge maçonnique, prête un peu au rire. La voici à titre de curiosité : « En présence des maîtres de cette École, et de mes chers condisciples et devant l'effigie d'Hippocrate, je promets et je jure, au nom de l'Être suprême, d'être fidèle aux lois de l'honneur et de la probité dans l'exercice de la médecine. Je donnerai mes soins gratuits à l'indigent, et n'exigerai jamais un salaire au-dessus de mon travail. Admis dans l'intérieur des maisons, mes yeux ne verront pas ce qui s'y passe, ma langue taira les secrets qui lui seront confiés, et mon état ne servira pas à corrompre les mœurs ni à favoriser le crime. Respectueux et reconnaissant envers mes Maîtres, je rendrai à leurs enfants l'instruction que j'ai reçue de leurs pères. Que les hommes m'accordent leur estime si je suis fidèle à mes promesses ; que je sois couvert d'opprobre et méprisé de mes confrères si j'y manque. »

IV

A côté du médecin Pancin, nous voyons s'asseoir à l'Athénée de Vaucluse un chirurgien, J.-B.-Antoine-Bénézet Pamard. Certes, dix ans plus tôt, nous n'aurions pas rencontré, collaborant ensemble et confraternisant, un représentant du corps médical et un représentant du corps chirurgical. Les médecins, sacrés par l'Université, se considéraient comme fort au-dessus des chirurgiens, simples ouvriers de l'art de guérir, réunis en corporation comme tous ceux faisant alors œuvre de leurs mains. Et pendant des siècles, tandis que les médecins tâchaient de faire des chirurgiens une corporation sous leur dépendance et pour ainsi dire sous leurs ordres, les chirurgiens firent tout pour échapper à cette génante tutelle de la Faculté. De là, dans les relations, un antagonisme dont nous trouvons déjà des traces à la fin du XIIIᵉ siècle, antagonisme dont le patient supportait toutes les conséquences.

Si c'est un médecin qui le premier est appelé au chevet d'un malade, à moins qu'il ne s'agisse d'une plaie ou d'une fracture, que se passe-t-il, nous raconte Henry de Mondeville, chirurgien de Philippe-le-Bel, qui écrivait vers 1306 :

« Le médecin dit au malade : Seigneur, il est évident que les chirurgiens sont des orgueilleux et des pompeux ; avec cela ils manquent complètement de raison, et sont complètement ignorants : s'ils savent quelque chose, c'est de nous qu'ils le tiennent ; ce sont des hommes de méchante humeur et cruels, et ils réclament et emportent de grands salaires. D'un autre côté, vous êtes faible et délicat, et vous seriez accablé par la dépense. Aussi, quoique je ne sois pas chirurgien, j'essayerai de vous venir à l'aide sans leur concours. »

Si, au contraire, c'est le chirurgien qui est appelé le premier pour une affection du ressort de la médecine, jamais sur son avis le médecin ne sera appelé ; il représente au malade :

« 1° Que les médecins ne savent rien et ne font rien aux malades que leur parler ; et tous indifféremment, que l'état l'exige ou non, font aller à la selle. 2° Les chirurgiens et la nature guérissent tous les jours des maladies semblables à la vôtre sans le secours des médecins. 3° Si l'on appelle le médecin, il voudra aussitôt purger le patient, alors qu'il n'a pas besoin d'évacuation, soit pour sa faiblesse, soit pour l'immatérialité de son affection. »

Cet antagonisme persistait encore au XVIIIᵉ siècle. Pierre-François Pamard, le père de J.-B.-Antoine, en 1764, ayant publié le cas d'un strabisme connivent traité avec succès, s'attira, de la part d'un médicastre d'Arles, M. Paris, une verte mercuriale pour être venu fourrager dans le champ de la médecine, alors qu'il n'était que simple chirurgien. Certes, la polémique de M. Paris était tellement grotesque que les rieurs furent du côté de Pamard; mais, en droit, il avait tort, et depuis il renonça à traiter les strabiques jusqu'au jour où la Faculté de Valence considéra comme un honneur de lui délivrer le diplôme de docteur.

En 1792, la Convention avait d'un trait de plume supprimé les Universités comme elle avait supprimé les corporations : Collèges de chirurgie et Facultés de médecine subissaient le même sort. Mais la Convention ne put, par le même décret, supprimer les maladies, et deux ans plus tard, manquant de chirurgiens pour les armées, il fallut rétablir des écoles, où l'on instruirait la jeunesse à la pratique de l'art médical.

Le 14 frimaire an III (4 décembre 1794), une loi libérale organisait l'enseignement médical, établissant trois écoles : Paris, Strasbourg, Montpellier. Égaux devant la nouvelle loi, chirurgiens et médecins se confondaient dans la seule catégorie des disciples d'Hippocrate. En 1801, la fusion était complète entre les vieux représentants des Collèges de chirurgie et les débris des anciennes Facultés de médecine, et nous voyons confraternellement réunis à Avignon, dans la troisième section de l'Athénée de Vaucluse, les chirurgiens Pamard et Sauvan, à côté des médecins Pancin, Voulonne et Guérin.

V

Jean-Baptiste-Antoine-Bénézet Pamard est le quatrième descendant d'une famille qui, depuis deux cents ans, fournit à Avignon une série de chirurgiens de valeur et n'est pas près de s'éteindre : le premier représentant de la famille, Pierre Pamard, commença ses études de chirurgie en 1697.

Jean-Baptiste-Antoine était le fils de Pierre-François-Bénézet, celui qui, dans l'histoire de la médecine, est connu sous le nom de l'inventeur de la pique (1). De son mariage (31 mars 1760) avec

(1) Avec le concours de notre distingué collègue le docteur A. Pamard, en publiant les œuvres inédites de Pierre-François-Bénézet, nous lui avons consacré une longue étude biographique. (Voir *Les Œuvres de Pierre-François-Bénézet Pamard*, éditées pour la première fois d'après ses manuscrits. Paris, Masson, 1900. Avignon, impr. **Fr. Seguin.**)

Marie-Rose-Madeleine Chauffard, fille d'un tanneur de la ville,
Pierre-François-Bénézet Pamard avait eu trois enfants : Jean-
Baptiste-Antoine, qui succéda à son père dans la pratique chirurgicale ; Jean-Baptiste-Marie, qui entra dans les ordres et mourut
curé de la paroisse de Saint-Didier vers 1822, et une fille Julie,
qui vécut à Avignon avec ses frères. Dans les recueils des poètes
locaux du commencement du XIXe siècle nous trouvons de
nombreuses pièces de poésies, de nombreux madrigaux adressés
à Mlle Julie Pamard.

Né le 11 avril 1763, Jean-Baptiste-Antoine Pamard présente son
premier examen de chirurgie le 28 janvier 1782 : « Ayant fait au
préalable célébrer la sainte messe, comme de coutume, il a fait
un compliment à tous les maîtres en général, et tout de suite
une belle dissertation sur la physiologie : et on l'a admis unanimement à son premier examen (1). » Ses chefs-d'œuvre portent
sur le panaris, la fistule à l'anus, le bec de lièvre et la fistule
lacrymale. Le 12 février, il passe son dernier examen, « et après
avoir répondu pertinemment à toutes questions qui lui ont été
faites, il a fait un fort beau compliment au corps, et a été admis
maître dans le collège de chirurgie ». Son diplôme de chirurgien
présente cette particularité d'être signé de son grand-père
Nicolas-Dominique, comme doyen du collège de chirurgie (il
mourut en 1783), et de son père, Pierre-François-Bénézet, comme
premier examinateur : trois générations de chirurgiens, à cette
époque, s'abritaient sous le toit de la maison des la rue des
Deux-Ponts.

Après avoir pris son diplôme de maître ès arts en 1783, J.-B.-
Antoine Pamard alla terminer ses études à Paris. Nous voyons
qu'il est souvent question de lui dans la correspondance de son
père avec les chirurgiens Louis et Andouillet.

Dès son retour de Paris, vers 1786, J.-B.-Antoine seconde son
père dans la pratique chirurgicale. Il est nommé chirurgien
coadjuteur de son père dans le service de l'hôpital, le 22 janvier
1787.

Plus heureux que ses confrères Voulonne, obligé de fuir, et
Calvet, jeté en prison comme coupable d'être un savant archéologue, J.-B.-Antoine Pamard traversa la période révolutionnaire
sans être inquiété personnellement : il n'eut avec les démagogues
que quelques démêlés à cause de son père. Le 31 août 1792, ce

(1) *Le livre des conclusions et de la réception des maîtres en chirurgie de cette ville
d'Avignon*. Manuscrit du Musée-Calvet.

malheureux vieillard, se défendant contre une meute de chiens
« enragés par des besoins physiques », brise sa canne et se trouve
avec une épée nue à la main au milieu de la rue Balance. L'intervention de quelques soi-disant patriotes, plus zélés à faire du
bruit qu'à porter secours à un vieillard, augmente le tumulte. Un
ami ouvre sa porte et soustrait Pamard à leurs insultes. Mais de
ce fait sans importance les officiers municipaux font un grave
événement : on voit en lui un perturbateur en armes. Sommé de
répondre à cette accusation, Pamard, faisant allusion à sa longue
et heureuse carrière chirurgicale, leur fait remarquer que le fer
entre ses mains n'a jamais servi à autre chose qu'à d'heureux
usages. L'intervention énergique de son fils détourne l'orage,
mais dès lors le vieux Pamard est considéré comme suspect, et
les tracasseries ne s'arrêtent pas : on intercepte sa correspondance, on décachète ses lettres ; il envoie à Orange son élève,
M. Feux, porter des médicaments à un vieux client : on arrête
l'élève, on le passe à tabac, on le menace de le pendre au nom de
la liberté. L'intervention de J.-B.-Antoine sauve ce malheureux
élève, qui en est quitte pour une amende envers la nation. Puis,
au sujet des impôts, nouvelles persécutions, qui, deux mois avant
sa mort, amènent encore le vieux Pamard devant les officiers
municipaux : il mourut le 2 janvier 1793. Le lendemain, le 3
janvier, J.-B.-Antoine était nommé à la succession de son père
comme chirurgien major en chef de l'hôpital.

J.-B.-A. Pamard était un travailleur : de bonne heure il envoie
des communications à l'Académie de chirurgie, déjà d'ailleurs
en pleine décadence. Le 28 mars 1792, le secrétaire perpétuel
Louis l'informe que l'Académie lui attribue une médaille de cent
livres :

A Paris, le 28 mars 1792.

Pour récompenser votre émulation, Monsieur, l'Académie royale de chirurgie
vous a accordé l'une des cinq médailles d'or de la valeur de cent livres qu'elle
distribue à sa séance publique le jeudi d'après Quasimodo. Mais le haut prix de ce
métal ne permettant pas de frapper une médaille de ce prix avec les coins qui y sont
destinés, on se trouve obligé de récompenser votre zèle avec un assignat. Vous
aurez la bonté d'en indiquer la destination pour savoir à qui on le remettra de votre
part, ou par quelle voye on vous le fera passer. Je suis, avec les sentiments d'une
parfaite estime, Monsieur, votre très humble et très obéissant serviteur.

Louis.

Je présente mes hommages à Monsieur votre père.

L'assignat est envoyé avec promesse d'une médaille en
bronze :

Paris, le 21 avril 1792.

Je vous envoie, Monsieur, l'assignat de la valeur de la médaille qui vous a été adjugée : elle aurait coûté près du double à frapper en or, mais j'ai engagé l'Académie à la donner en bronze comme signe représentatif de celle d'or. Je vous la garde. Je l'aurais bien mise dans la lettre, mais dans la crainte que le paquet passant par des mains infidèles, on ne fût tenté, au poids ou à la forme du contenu, d'en faire profit et d'exposer par là l'assignat, j'ai cru qu'il était prudent de ne faire apercevoir autre chose que le papier.

Je suis, etc.

Louis.

Cette bienheureuse médaille n'arriva jamais à destination. Serait-elle restée entre les mains de Louis ou de ses héritiers ? car il mourut un mois après, le 21 mai. Pamard, ultérieurement, l'ayant réclamée à Lassus, trésorier de l'Académie, celui-ci lui répondit, le 27 janvier 1793 : « La médaille en question n'a jamais été frappée, que je sache ; Louis vous trompait ; quoique né lorrain, il était souvent gascon. »

En 1793, induit en erreur sur le sujet du prix, Pamard envoie à l'Académie un mémoire sur les sutures, qui lui vaut cette curieuse réponse de Lassus :

Dimanche, 27 janvier 1793.

Le sujet du prix qui sera distribué cette année 1793, dans le mois d'avril, c'est la description des instruments propres aux opérations qui se pratiquent sur les parties dures, tels que les diverses espèces de rugines, de gouje, de ciseau, maillet de plomb, les instruments perforatifs, exfoliatifs, etc., etc. Or, je crois que ce n'est pas là le sujet de votre travail, dont vous m'avez parlé. Le sujet du prix qui sera distribué en 1794 est la meilleure forme des diverses espèces d'aiguilles propres à la réunion des plaies, à la ligature des vaisseaux, etc. C'est sur ce sujet que vous avez travaillé, et alors vous avez tout le temps de vous en occuper. D'ailleurs, je vous enverrai le programme imprimé quand il paraîtra, le jour de la séance publique prochaine. Maintenant nous nous entendons, je vous avais induit en erreur à raison de mon absence, et parce qu'entendant une partie de votre mémoire, je croyais que c'était pour cette année 1793. Or, personne n'a rien envoyé jusqu'aujourd'hui pour le sujet des gouges, ciseaux, marteaux, etc. ; mais il vous est impossible de faire en un mois un bon mémoire sur cette matière. Reste donc le sujet sur les sutures, les aiguilles, sujet que vous avez traité à fond et que vous avez le temps de revoir à loisir. Vous avez donc encore un an pour vous en occuper, et je vous répète que votre plan et votre doctrine sont bons. Vous êtes dans la bonne voie.

Quand même aussitôt ma lettre reçue, vous auriez tout le loisir imaginable, je ne vous proposerais pas de faire un mémoire sur les gouges, marteaux, etc. ; 1° le sujet est mauvais ; 2° que dire là-dessus, si ce n'est copier des livres ? 3° de ce que votre mémoire serait le seul envoyé, il peut être rejeté, alors votre travail est perdu ; 4° il ne faut pas se tuer pour si peu de choses. Je conclus donc à ce que vous ménagiez votre santé et vos affaires, et à ce que vous fassiez tranquillement et à loisir votre mémoire sur les aiguilles. Vous ne perdrez rien pour attendre. J'annoncerai jeudi prochain à l'Académie la mort de M. votre père, faites-moi passer une notice sur lui et l'on fera son éloge. Pour cette année, on fera celui de Louis et de M. Sue, mort à 84 ans.

La médaille dont vous parlez n'a pas été frappée ; Louis vous trompait ; quoique né lorrain, il était souvent gascon.

Société de Médecine de Paris

Dans ce moment, on ne peut vous donner, ni a personne, le titre de correspondant. L'Académie subsiste, mais sans pouvoir faire de nominations d'aucune espèce. Il faut attendre sa nouvelle organisation. Louis, qui voulait tout faire, s'était mis dans la tête de parcourir les instruments afin d'avoir, disait-il, un arsenal complet. C'est une idée folle. Des questions pratiques valent mieux qu'un sujet sur les gouges et les maillets. Tout cela sera changé, le temps amène tout. Je vous fais mes salutations et vous souhaite en parfaite santé. Je vous réitère mes remerciements pour l'hospitalité que vous m'avez accordée il y a trois mois.

LASSUS.

Le 29 mars, Sue l'informe du succés qu'il a obtenu :

Paris, ce 29 mars 1793, l'an 2ᵉ de la République.

Citoyen,

J'ai l'honneur de vous faire part que le comité de l'Académie de chirurgie pour la distribution des prix vous a décerné hier un de ceux de la valeur de cent livres qu'elle distribue tous les ans aux chirurgiens régnicoles. Vous voudrez bien, citoyen, adresser votre procuration par écrit à quelqu'un de confiance. Cette somme lui sera remise le jeudi onze avril prochain, jour de la séance publique de l'Académie.

J'ai l'honneur d'être, avec la plus parfaite considération, citoyen, votre affectueux concitoyen.

SUE, *secrétaire par intérim de l'Académie de chirurgie.*

Était-ce le prix accordé à son mémoire sur les sutures ? C'est peu probable ; le concours était fixé à 1794. Il s'agit donc plutôt d'une distinction honorifique analogue à celle déjà donnée en 1792, à moins que l'Académie, prévoyant sa dissolution, n'ait devancé la date du concours. En tout cas, le prix est encore payé en assignats, et la médaille remplacée par un certificat.

Paris, ce 19 avril 1793, an IIᵉ de la République française.

Citoyen,

L'Académie de chirurgie a décidé, dans sa séance d'hier, de donner à chacun de ceux qui ont remporté des prix un certificat pareil à celui que je vous envoie, pour leur tenir lieu de preuve écrite et durable de la médaille, au lieu que, dans les circonstances présentes, indépendamment de la dépense qu'elle occasionnerait, il serait immoral et impolitique de faire frapper avec l'effigie du feu roi ; un nouveau coin entraînerait dans des frais trop considérables.

J'ai l'honneur, etc.   SUE.

Ce certificat est ainsi conçu :

Extrait des registres de l'Académie de chirurgie du 18 avril, l'an IIᵉ de la République française.

Nous, soussignés, certifions que l'Académie de chirurgie, dans sa séance publique du 11 avril 1793, a décerné au citoyen Pamard, chirurgien en chef des hôpitaux, à Avignon, un prix de la valeur de cent livres.

À Paris, ce 19 avril 1793.

SABATIER — SUE, *secrétaire par intérim.*

Nous voyons dans ces lettres que l'éloge de Pierre-François-Bénézet Pamard devait être lu en séance publique à l'Académie.

A ce sujet, Sue écrivait à Jean-Baptiste-Antoine Pamard, le 18 avril 1793 : « J'ai communiqué à l'Académie de chirurgie la lettre que vous m'avez écrite au sujet du prix qu'elle vous a accordé. En l'annonçant à la séance publique du onze de ce mois, j'ai prononcé les éloges des citoyens Louis et Sue. J'ai cru devoir faire mention de Monsieur votre père, qui était associé de l'Académie, et dont l'éloge sera sans doute lu à la séance publique de l'année prochaine par moi ou par un autre ; il faudra alors que vous donniez les renseignements nécessaires. »

Dans sa correspondance avec Sue, Pamard faisait un quiproquo : il croyait avoir affaire à Jean-Joseph Sue et non à Pierre Sue (1). Pierre Sue lui explique la chose dans sa lettre du 9 mai 1793 :

Citoyen. Il y a, dans la lettre que vous m'avez fait l'honneur de m'écrire, un quiproquo qu'il faut que je détruise. Nous sommes, à Paris, deux du même nom : l'un est le fils de mon oncle, que Monsieur votre père a connu, et pour lequel il a dessiné des planches d'anatomie. C'est celui-là, âgé d'environ 30 ans, qui a le cabinet de son père, qui est professeur au lycée, décrotte-cul du chirurgien en chef de la Charité, qui a succédé enfin à la réputation de son père. Quant à moi, je suis le fils de celui qui a fait la fortune de toute la famille : c'est mon père qui a fait venir mon oncle à Paris, qui lui a donné les premières leçons d'anatomie et de chirurgie, qui l'a placé chez M. Verdier, etc. C'est moi qui suis auteur de plusieurs ouvrages sur notre art et sur la littérature. J'ai cinquante ans passés, et sûrement l'Académie n'aurait pas confié sa plume à un jeune homme de trente ans. Vous connaîtrez encore mieux ces détails lorsque vous verrez imprimée la dernière séance publique de l'Académie, du onze avril dernier. J'y ai prononcé l'éloge de M. Louis et ceux de mon père et de mon oncle. Cette séance sera en vente dans un mois chez Cornillebois (?), libraire, rue des Mathurins. Il résulte de cette explication que quand, lors de votre séjour à Paris, vous avez fait des démarches pour conférer avec moi, c'était vis-à-vis de mon cousin et non de moi que vous faisiez ces démarches.

.....Il est bien étonnant que M. Lassus, qui a annoncé à l'Académie la perte qu'elle a faite par la mort de Monsieur votre père, qui a demandé lui-même qu'on fit son éloge, ne m'ait pas remis la notice de sa vie que vous lui avez remise. Je vais lui en parler, quoique je n'aie plus de liaison avec lui depuis que je suis secrétaire, parce qu'il s'est joint à quelques autres pour me susciter des..... que je ne méritais certainement en aucune manière. Malgré cela, je lui montrerai votre lettre, le jeudi 16 du présent mois, jour qu'il n'est ni absent, ni malade. Je lui demanderai la notice que vous lui avez remise, notice qui ne pourra me servir que l'année prochaine, si les choses et l'état de l'Académie sont encore de même. Lorsque vous m'écrirez pour avoir un exemplaire de la séance publique de cette année, en m'indiquant par quelle voie je pourrai vous le faire parvenir, je vous ferai savoir la réponse de M. Lassus.

J'ai l'honneur, etc.

SUE.

(1) Voici la généalogie de la famille chirurgicale des Sue :

SUE, simple ménager à Vence (Var).

SUE Jean (1699-1792).　　　　SUE Jean-Joseph, dit de la Charité (1710-1792).

SUE Pierre (1739-1816).　　　SUE Jean-Joseph (1760-1830).

SUE Marie-Joseph-Eugène, le romancier, (1804-1857).

Cette notice finit par arriver entre les mains de Sue, mais la suppression de l'Académie l'empêcha de l'utiliser :

> Paris, ce 9ᵉ jour de la seconde décade du mois de brumaire de l'année IIᵉ de la République (9 nov. 1793).
>
> Citoyen,
>
> ......Il est inutile que vous m'adressiez encore mémoire ni observations pour l'Académie de chirurgie qui, depuis le décret de la Convention (1), ne tient plus de séance. Le citoyen Lassus ne m'a remis que peu de jours avant la notice sur la vie de feu M. Pamard. Elle est sous le scellé avec les autres papiers de l'Académie. Je me fais un devoir, etc.
>
> SUE.

Ces lettres ont, en plus, l'intérêt de nous montrer les petites rivalités que suscita la nomination de Sue à la succession de Louis comme secrétaire perpétuel de l'Académie, et nous font assister à la dernière phase de la vie de l'Académie royale de chirurgie.

Le mémoire de Pamard sur les sutures resta sous les scellés de l'Académie avec la notice sur son père, c'est ce qui nous explique pourquoi il ne fut jamais publié.

Les honneurs et les distinctions ne tardent pas à pleuvoir sur J.-B.-Antoine Pamard :

Le 30 septembre 1800 (8 vendémiaire an IX), la Société de Médecine de Marseille donne le diplôme d'associé au citoyen Pamard, comme témoignage d'estime et de considération.

Le 6 mars 1801 (15 ventôse an IX), Pamard est nommé associé de l'Institut de Santé et de Salubrité du Gard.

En juillet 1701 (thermidor an IX), la Société d'Économie rurale de Carpentras offre au citoyen Pamard le titre de membre honoraire.

Le 20 juin 1802 (30 nivôse an X), la Société de Médecine, de Chirurgie et de Pharmacie de Toulouse envoie au citoyen Pamard le titre de membre correspondant.

Le 20 mars 1801 (5 germinal an X) l'Institut de Santé et de Salubrité du Gard décerne au citoyen Pamard la seconde médaille pour sa topographie de la ville d'Avignon.

Le 21 mars 1802 (1 floréal an X), la Société des Sciences médicales de Montpellier nomme le citoyen *Pamar* (sic) membre associé.

Le 9 juin 1803 (20 prairial an XI), la Société de Médecine pratique de Montpellier décerne à Monsieur Pamard, chirurgien à Avignon, le titre d'*associé républicole*.

Le 6 mars 1804 (16 floréal an XII), la Société des Sciences pratiques de Montpellier décerne au citoyen Pamard un prix consistant en *une médaille d'argent sur-doré*.

En 1796, les débris des anciennes Académies royales de médecine et de chirurgie s'étaient reconstitués en une assemblée autorisée, mais non subventionnée, qui prit le nom de Société de santé, puis en 1797 (25 pluviôse an V) celui de Société de médecine : elle devint plus tard l'Académie de médecine. Le 4 août 1804 (16 thermidor an XII), elle envoya à Pamard le titre de membre associé national.

(1) Décret du 8 août 1793 : il fut notifié à l'Académie dans sa séance du 22 août, et l'Académie leva sa séance afin de prouver sa soumission et son respect pour les décrets de la Convention nationale.

En 1803, Pamard est chargé de faire à l'hôpital un cours d'anatomie pratique pour les élèves officiers de santé : il inaugura ce cours le 10 octobre 1803 et le continua jusqu'à sa mort.

Le 19 février 1805 ,30 pluviôse an XIII , la Société de médecine de Lyon envoie à Pamard le titre de membre correspondant.

Le 17 juin 1811, Pamard est nommé membre du jury pastoral pour l'amélioration des bêtes à laine dans Vaucluse.

Pamard est nommé chevalier de la Légion d'honneur le 14 juin 1815.

Jean-Baptiste-Antoine Pamard a laissé de nombreux manuscrits; en voici la liste :

1. Mémoire sur le sujet proposé par l'Académie royale de chirurgie pour le prix de 1794. Déterminer la meilleure forme des diverses aiguilles propres à la réunion des plaies, à la ligature des vaisseaux et autres cas où leur usage sera jugé indispensable, et décrire la méthode de s'en servir. 20 pages grand in-folio.

2. Mémoire sur le traitement de l'hydrocèle.

Dans ce mémoire, qui serait postérieur à 1814, Pamard donne la description de la méthode par injection qu'il emploie depuis de nombreuses années (évacuation du liquide par ponction et injection de vin tiède mêlé à de l'eau-de-vie, celle-ci dans la proportion de 1/4 à 1/2).

3. Quelques propositions sur la méthode expectante en chirurgie. In-4° de 6 pages.

4. Directorium practicum-chirurgicum. Recueil de formules.

5. Cours d'anatomie professé à l'hôpital. 8 cahiers.

6. Observations sur les maladies des yeux et des paupières. 1 vol. in-8°.

7. Observations sur l'accouchement, les ulcères cancéreux aux lèvres et autres maladies externes. Un volume in-8°.

8. Observations sur les fistules à l'anus, le bubonocèle, l'hydrocèle et autres tumeurs. Un gros volume in-8°.

9. Observations sur la taille. Un volume in-8°.

10. Observations sur les nécroses et les maladies internes. Un volume in-8°.

11. Histoire de mes maladies. Un énorme volume in-folio.

12. Notes et consultations de ma pratique. Un gros volume in-8°.

13. Observations sur la vaccine. Un volume in-8 .

14. Statistique médicale sur les prisons de Vaucluse, sur leur hygiène, etc. Un volume in-8°.

Le plus volumineux de ses manuscrits, c'est l'histoire de ses maladies (1758 pages grand in-folio); il raconte son histoire pathologique au jour le jour. Il a commencé ce livre de comptes le 21 avril 1802 ; il l'a continué jusqu'au 6 mars 1827. La dernière page est d'une écriture tremblée, difficile à lire, et se termine ainsi : « 6 mars. La nuit ne fut guère meilleure, je toussay beaucoup..., ma faiblesse est intense..., mes jambes sont engorgées.., qu'en arrivera-t-il ? Je l'ignore. En attendant, mon vieux camarade, mon bon curé, m'avait préparé la voie, et il compte demain m'apporter le saint viatique. » J.-B.-Antoine Pamard mourait dix jours après, le 16 mars 1827.

Ce manuscrit nous fait rentrer dans l'intimité de la vie de Pamard ; il nous raconte ses misères physiques et morales. Le plus grand malheur qui lui arrive, c'est la mort de son fils Virgile.

« 20 octobre 1802. Malheur affreux, douleur épouvantable, mort de Virgile. Ce malheureux et bel enfant avait été un peu inquiet la veille, il le fut davantage le matin de ce jour-là..., il se trouva mal vers midi, l'inquiétude augmenta, il voulut qu'on le couchât après l'avoir déshabillé. A deux heures et demie, des mouvements convulsifs le prirent et ne le quittèrent qu'au moment de l'agonie. Mon pauvre petit que j'idolâtrais, qui était l'objet unique de mes espérances, à qui je devais ambition, émulation, talent, il périt entre mes bras vers les six heures. »

Il cherche alors les causes qui ont pu amener une mort si prompte : « Il paraissait avoir un mauvais intestin, son teint était le plus souvent pâle, ses digestions se faisaient mal, il avait presque toujours la diarrhée......, il mangeait beaucoup, mais seulement des soupes, des œufs, du fruit. Des aliments plus succulents lui auraient convenu davantage, il eût fallu lui donner de la viande, des anchois, du vin. » Pour calmer ses regrets, Voulonne lui persuada que son fils était mort d'hydro-céphalie, et que toute thérapeutique eût été impuissante.

Le 22 août 1803, à 11 heures et demie du soir, il lui naissait un second fils. Sur lui se reportèrent les souvenirs du premier et les espérances en l'avenir.

Mais que d'inquiétudes lui inspirent ensuite la santé de ces deux êtres : *son petit Paul et sa fille Virginie* ; le 18 juillet 1804 : « Le petit Paul languissait, la mère, fatiguée par le nourrissage, n'avait plus de lait à lui donner : on suppléait par des soupes lourdes, grossières, par des aliments de tout genre, que la faim faisait dévorer à l'enfant.... : l'enfant devient jaune, la diarrhée persistante. »

On eut recours à une nourrice ; la première ne valut rien, la seconde pas mieux, enfin au troisième essai on tombe sur un vigoureux et plantureux sujet, et l'enfant renaît à la vie. Le 30 octobre, c'est sa fille Virginie qui tombe malade à son tour ; elle perd connaissance avec des convulsions : « Pauvre espèce humaine! quatre jours auparavant, j'avais failli périr entre les pieds de mon cheval, me voilà au moment de perdre ma fille. Et cela au moment où, délivré de mes démangeaisons, presque entièrement guéri de ma sciatique, sans inquiétude sur mes yeux et ma fortune, je jouissais de la meilleure santé et de la plus parfaite sécurité. »

Pamard avait une ophtalmie rebelle : il la traitait par tous les ingrédients possibles : vapeurs de vinaigre, d'ammoniaque, etc., sans succès. Un beau jour, ennuyé, il eut recours à une vulgaire pommade à base d'oxyde de mercure et en guérit parfaitement.

Il en conclut que puisque son ophtalmie a été guérie par un sel mercuriel, c'est qu'elle reconnaissait pour cause le virus syphilitique, et immédiatement il commence un traitement énergique par frictions hydrargyriques. En même temps, il se soumettait à un régime relâchant pour avoir *de bonnes selles mollettes*. Il en résulta une anémie intense, qui l'immobilisa dans son lit, et dont il ne triompha que par le vin, un régime tonique et le quinquina.

Pamard était un arthritique, mais surtout un neurasthénique ; ce qu'il se droguait, ce qu'il avalait de pilules de Belloste, de pilules savonneuses, ce qu'il se couvrait d'emplâtres, d'onguents divers, c'est incroyable ! Sur ses vieux jours, cependant, sur les conseils de son ami Baumes, de Montpellier, il fut plus modéré sur l'usage des médicaments.

Il avait rédigé et conservé un grand nombre d'observations d'oculistique (pupille artificielle, ophtalmies, fistules lacrymales, etc.) et toutes ses observations de cataracte : celles-ci ont été dépouillées et utilisées par son fils qui en a fait sa thèse : *De la cataracte et son extraction par un procédé particulier* (Paris, 1825). Nous voyons dans cette thèse que J.-B.-Antoine Pamard fut le premier à user systématiquement des mydriatiques pour faciliter l'issue du cristallin : il dilatait la pupille avant l'opération en instillant quelques gouttes d'une solution d'extrait de belladone.

Il avait inventé un *speculum oculi* en forme de pince, assez commode pour écarter les paupières ; il n'en recommande l'emploi que pour les cas où l'on aurait un mauvais aide, car, pour lui, le meilleur écarteur ce sont les mains d'un aide exercé. Sauf qu'il rejette les préparations, son procédé opératoire est celui de Pierre-François-Bénézet son père. Il lui donna de brillants résultats, si nous nous en rapportons à la satistique suivante de ses opérations relevées par son fils :

RÉSULTAT DES OPÉRATIONS
PRATIQUÉES PAR ANTOINE-JEAN-BAPTISTE PAMARD
SUIVANT LE PROCÉDÉ DE PIERRE PAMARD.

Opérations de cataracte pratiquées : 359.	Vue rétablie : 340	parfaitement. 309
		imparfaitement. 38
	Cécité absolue : 19	inflammation. 9
		cataracte capsulaire. 3
		procidence de l'iris. 2
		lésion et adhérence de l'iris. . 2
		obturation de la pupille. . . 1
		coup. porté sur l'œil. . . . 1
		amaurose. 1

Un des plus beaux titres de gloire de J.-B.-Antoine Pamard, c'est le rôle qu'il joua dans la propagation de la vaccine. Dès 1776, Jenner avait observé que la matière purulente qui suinte des talons des chevaux attaqués de la maladie qu'on appelle les eaux aux jambes, transportée par les mains des garçons de ferme sur les trayons de vaches, engendre une éruption connue sous le nom de cowpox (1). Inoculée à l'homme, cette matière purulente du cowpox produit une éruption légère, qui procure l'immunité de la variole. Ce n'est qu'après de longues et patientes recherches que Jenner était arrivé à ces conclusions, qu'il publia en 1798. Jusqu'alors on pratiquait bien l'inoculation, mais l'inoculation de la maladie, et en vous inoculant un pus variolique, quelque bénigne que fût la pustule d'où il sortit, on risquait de vous donner la forme la plus grave de l'affection. Jenner inoculait, au contraire, un vaccin préventif contre la maladie.

La découverte de Jenner fut d'abord très discutée. « Dès le début de cette découverte, écrivait Pamard au maire d'Avignon, le 10 janvier 1801, je me suis instruit d'une manière plus particulière de tout ce qui a rapport à ce phénomène ; j'ai lu tout ce qui est déjà écrit sur son sujet, j'ai correspondu avec ceux de la capitale et d'ailleurs qui ont pratiqué l'inoculation, et tout ce que j'ai appris m'en a convaincu. »

En effet, le 8 décembre 1800, il avait mandé au docteur Colon (2) à Paris, cette messive :

« J'ai deux enfants, une fille et un garçon, que j'ai heureusement soustraits à la petite vérole. Cette maladie a été cruelle dans le pays cette année-ci. Je ne l'avais jamais vue si commune : elle a emporté la moitié de ceux qu'elle a attaqués. J'ai été dans mon bas âge en danger de périr de cette affreuse maladie ; je voudrais l'épargner à mes enfants. D'après ce que j'ai lu sur le vaccine, je la regarde comme le préservatif de ce fléau : votre petit opuscule a levé tous mes doutes, et l'offre que vous faites à vos collègues des départements me décide tout à fait à vacciner mes enfants. Je vous prierai donc de me dire si le ferment-vaccin pourra être transporté ici sans perdre la faculté de donner la maladie. »

Le vaccin arriva, et, le 2 janvier 1801, Pamard écrivait à Calvet neveu à Paris :

« Il faut avoir la bonté de vous transporter chez le citoyen Colon, médecin au faubourg Poissonnière, n° 2. Vous le préviendrez que l'envoi qu'il a fait m'est arrivé hier en bon état, vous lui direz que demain mes pauvres petits enfants seront soumis à l'épreuve et que je l'instruirai de l'événement. Vous le remercierez dans les termes

(1) On a reconnu depuis lors que le cowpox ne provenait pas de la malandre des chevaux.
(2) Les premières vaccinations furent faites à Paris par Colon sur son fils unique, et par Thouret en juin 1800.

les plus obligeants et les plus polis, en attendant que je m'acquitte moi-même. Vous lui demanderez s'il pourrait encore me procurer du virus, supposé que le premier ne produisit aucun effet. »

Le lendemain, Pamard tentait sa première inoculation sur ses propres enfants ; le succès ayant répondu à ses espérances, il écrivit à la municipalité lui annonçant qu'il avait du vaccin à sa disposition, la priant de l'aider à en faire profiter le public. La municipalité vota immédiatement l'affichage de la lettre de Pamard, auquel elle fit cette flatteuse réponse :

Avignon, le 11 pluviôse an IX (31 janvier 1801).

Les maire et adjoints de la ville d'Avignon au citoyen Pamard, officier de santé de même ville :

Nous avons reçu, citoyen, avec la plus vive satisfaction votre lettre du vingt nivôse dernier (10 janvier), par laquelle vous nous faites part de l'expérience que vous venez, le premier en cette ville, de faire avec succès sur vos propres enfants, et du désir que vous avez d'en propager la pratique. La Patrie reconnaissante n'oubliera jamais ce généreux procédé de votre part, et votre nom, qui lui a toujours été si cher, en recevra un nouveau lustre. Nous vous transmettons l'arrêté que nous avons pris sur votre lettre : nous n'avons pu y exprimer que faiblement tout ce que votre zèle pour le bien public et vos talents qu'il est si rare de trouver, doivent inspirer en votre faveur à vos concitoyens et à nous en particulier, parce que ces sentiments sont au-dessus de toute expression. Continuez, nous vous en prions, comme le citoyen votre père, à illustrer votre pays par vos bienfaits pour l'humanité, et répandez celui de votre vaccine : vous êtes digne d'introduire toutes les nouveautés de votre art.

Salut et fraternité.

Puy fils, maire.

Pamard ne borna pas à recommander la vaccine dans la ville d'Avignon, il la propagea d'abord dans le département, puis dans les départements circonvoisins. Son exemple, ses exhortations, lui entraînèrent de nombreux adhérents. Au début, il y eut des hésitants, des contradicteurs : Guérin fut parmi ceux-ci, lui qui devait ensuite si bien seconder Pamard dans cette tâche et devenir l'apôtre de la vaccine.

Le 20 janvier 1802, Pamard fit à l'Athénée une communication sur la vaccine ; il dit « qu'il pensait que cette découverte devait attirer l'attention du Lycée, et qu'il lui convenait de s'occuper de l'examen des expériences et observations, surtout de celles faites dans le département, afin de pouvoir donner son avis en connaissance de cause sur cette méthode qu'il regardait comme très avantageuse à l'humanité ». L'Athénée nomma une commission de vaccine composée de Pamard, Guérin père et fils, Voulonne, Pancin et Sauvan.

Le 14 mai 1802, Guérin lisait à l'Académie le résultat de ses impressions personnelles : elles ne tendaient pas moins qu'à suspendre la pratique de la vaccine. Sans nier les avantages

tages de cette méthode, il pensait qu'elle n'était pas appuyée sur des faits assez nombreux et assez constatés, et qu'il y avait lieu d'en appeler à quelques années d'expérience.

A Avignon surtout, après un court élan d'enthousiasme, il y avait eu un refroidissement dû au fait suivant : Voulonne avait inoculé un enfant de 26 mois vers le 15 janvier. Trois semaines plus tard, l'enfant contracte la scarlatine et meurt ; le vulgaire attribue immédiatement la mort à l'inoculation. En vain Pamard fait remarquer que la mère de cet enfant, qui cependant n'avait pas été vaccinée, était, elle aussi, morte quelques jours après de la scarlatine : l'opinion du public ignare était faite, c'était la vaccine et non la scarlatine qui avait tué l'enfant.

Le 5 février, Pamard écrivait à Colon :

« Je vous écrivais, le 14 du mois passé (4 janvier 1801),pour vous remercier et pour vous apprendre que, grâce à vous, nous possédions la vaccine dans notre ville ; mais ce n'a pas été sans beaucoup de peine et sans éprouver beaucoup de contradictions. Un enfant de 26 mois ayant été vacciné a pris la scarlatine le 17° jour et en est mort le 26°. On n'a pas manqué d'attribuer ce fâcheux événement à la vaccine...

« Cet événement a singulièrement refroidi tout au moins les habitants de la ville. Malgré mon zèle et ma constance, je n'en suis cependant qu'à mon 15° vacciné : il est vrai que j'ai introduit la vaccination dans beaucoup de villes, à Uzès, à Pernes, à Carpentras, à Roquemaure ; aujourd'hui même j'ai envoyé du ferment à Marseille. Les avantages inappréciables de la vaccine la feront triompher de tout, mais j'ai besoin qu'on ait acquis la preuve de l'effet préservatif, et je n'ai pas pu encore la donner. »

En 1804, invitée par le préfet, la Société de médecine de Vaucluse était chargée de nommer une commission officielle de la vaccine : elle désigna Pamard, Pancin, Brunel, Voulonne et Guérin ; ce dernier ne tarda pas à être convaincu de l'efficacité de la méthode de Jenner et à renier ses hésitations. Pendant longtemps, Pamard, qui avait été l'initiateur de la vaccine dans le Midi, demeura le centre, auquel on aboutissait de partout pour avoir des renseignements ou du ferment vaccinal, qu'il donna toujours avec un empressement digne d'éloge. La croix de la Légion d'honneur fut la récompense méritée de ces labeurs.

Outre ses travaux sur la vaccine, Pamard a publié de nombreux mémoires de chirurgie et d'oculistique. En voici la liste :

1. *Topographie physique et médicale d'Avignon et de son territoire.* Avignon, Niel, 1801, in-8°.

2. *Éloge de Pamard.* Avignon, Niel, 1804, in-8°.

3. *Observation sur une fistule lacrymale opérée par un procédé particulier,* avec le *journal exact du traitement qui a suivi l'opération.* Annales de la Société pratique de Montpellier, an XI (1803).

Le procédé dont il est question n'est autre que celui de son père par la méthode de la sonde à ressort : « J'eus recours à mon instrument ordinaire que mon père imagina pour cet objet, et dont il s'est servi pendant trente ans avec un succès constant. » La même année, Giraud inventait ou mieux publiait les résultats obtenus avec un instrument analogue (*Précis du procédé opératoire employé pour traiter la fistule lacrymale, et notamment pour introduire un sélon dans le canal nasal.* Journal de médecine de Sédillot, t. XVIII, an XI, p. 393.)

4. *Observation sur une tumeur rare et singulière située sous la langue et s'étendant beaucoup au-dessous du menton, avec la description du procédé opératoire et l'histoire du traitement.* Annales de la Société de médecine pratique de Montpellier, t. V, 1805, p. 156.

5. *Observation sur un accident d'apoplexie survenu par inanition après l'opération de la cataracte et guéri simplement par l'usage des aliments.* Ibid., t. III, 1803, p. 254.

6. *Observation sur l'extirpation de quelques tumeurs squirreuses situées sous la glande parotide.* Ibid., t. IX, 1807, p. 404, et t. X, p. 90.

7. *Mémoire sur quelques tumeurs de la tête et notamment sur celles qui portent le nom de taupe ou de loripe.* Ibid., t. XI, 1808, p. 201-334.

8. *Phénomènes particuliers et curieux qu'a présentés l'iris dans une opération de cataracte.* Ibid., t. XII, 1808, p. 283.

9. *Sifflet introduit dans la vessie.* Ibid., t. XII, 1808, p. 247.

10. *Observations pratiques sur divers cas de chirurgie.* Ibid., t. XXX, 1814, p. 214.

Nous nous arrêterons seulement sur deux d'entr'eux : l'*Eloge* de son père et la *Topographie d'Avignon.*

Comment il fut amené à faire l'éloge de son père, il nous le raconte lui-même dans la lettre suivante adressée à l'auteur du célèbre *Traité des affections vaporeuses,* le docteur Pomme, d'Arles, le 3 brumaire an XI :

« L'Athénée de Vaucluse, qui a l'honneur de vous compter parmi ses associés, devait avoir une séance publique le 3 vendémiaire courant (26 septembre 1802). Chacun se proposait de la rendre intéressante ou d'y recueillir des applaudissements. Des objets divers furent choisis, je fus bientôt décidé sur le mien. Mon choix, j'en suis bien sûr, a déjà mérité votre approbation, dès que vous avez lu le titre de mon opuscule. Le public a pensé comme vous : il a entendu avec plaisir l'éloge d'un homme qui lui a consacré tout son être et qui a acquis des droits sacrés à sa reconnaissance. J'ai obéi, moi, au sentiment de mon cœur, j'ai élevé un monument à la mémoire de mon père. Je n'ai pas craint de paraître suspect, je me suis considéré comme l'organe de tous, abstraction faite de mon caractère, et j'ai cru que personne ne pouvait mieux tenir cette espèce de ministère public que celui qui put mieux connaître l'homme dont on regrette encore la perte, que je pleure avec vous qu'il aima tant, et pour lequel vous eûtes aussi beaucoup d'affection. Mon projet a eu tout le succès que je m'étais promis; on a applaudi à l'intention et à l'ouvragé; j'ai béni mon siècle, qui n'est pas aussi perverti qu'on

veut bien le dire, et je n'ai pas craint de livrer l'ouvrage à
l'impression pour lui donner plus de publicité. Je vous en envoie
un exemplaire, vous verrez si votre ami fut digne de vous, s'il
mérita votre estime ; vous vous applaudirez du dévouement qui
vous l'avait fait distinguer, vous jetterez quelques fleurs sur sa
tombe, et les regrets que vous donnerez à sa perte ajouteront
un trait de plus à son éloge. »

C'est, en effet, un beau discours académique, hommage de
piété filiale à la mémoire de son père ; il fut d'autant plus goûté
qu'il était prononcé dans un milieu où Pierre-François-Bénézet
Pamard avait été connu et estimé, et où son souvenir était
encore vivant. Aussi, cette lecture inspira-t-elle à un membre de
l'Athénée, M. Tissot, l'impromptu suivant qui fut lu à la fin de la
séance :

> Écoutons cette voix, c'est la voix des bons cœurs,
> Il en est si peu sur la terre!
> Applaudissons Pamard quand il donne des pleurs
> A la mémoire de son père.
> Qu'il en exalte donc le talent immortel,
> La générosité, la vertu sans égale :
> L'enthousiasme est naturel
> A la piété filiale.

La *Topographie physique et médicale d'Avignon* est un ouvrage
non moins digne d'intérêt ; c'est la description physique de la
ville et de son territoire, un tableau des mieux tracés des mœurs
et des habitudes de ses habitants, une étude sur les maladies
endémiques et tout ce qui se rattache à l'hygiène de la ville.

En voyant nos routes bordées de splendides platanes, on ne se
douterait pas qu'il y a cent ans ils étaient à peu près inconnus
dans le département. « Ce sont des ormeaux, dit Pamard, qui
forment les belles allées qui entourent la ville ; il serait à
souhaiter qu'on s'attachât à la culture du platane : cet arbre utile
et beau aime le sol humide et réussit au mieux partout où on le
cultive. » Le vœu de Pamard a été réalisé : les platanes ont
remplacé les ormes de nos allées, mais je ne vois pas trop à quoi
ils servent. Nous sommes très conservateurs des traditions en
Avignon. En 1722, lors de la peste, les consuls décidèrent qu'on
taillerait les arbres formant les allées autour de la ville pour
fournir du bois aux pauvres. Malgré la disparition de la peste,
cette habitude s'est conservée, et chaque année ces malheureux
arbres, ou leurs successeurs, continuent à être tondus et coupés
de façon à ressembler à des perchoirs à perroquets.

Si nous passons au caractère moral des habitants, « le peuple, nous dit Pamard, est en général confiant, affable, doux, mais il est inconstant, incohérent, difficile à assujettir à des lois communes. »

Quant aux femmes, « elles ont une taille plus que moyenne, une démarche aisée, agréable, une physionomie gracieuse, un teint frais, de l'embonpoint. Elles prouvent cette vérité, que s'il n'y a qu'une manière d'être belle, il en est mille d'être jolie. » Constatons avec plaisir que ce qui était vrai il y a cent ans l'est encore aujourd'hui.

Laudator temporis acti, Pamard, lui aussi, regrette le bon vieux temps :

> « La gaieté naturelle aux habitants, dit-il, a subi des altérations remarquables. L'ambition a glissé dans toutes les classes. L'exemple de quelques fortunes rapides a mis en fermentation beaucoup de têtes. De là, des sollicitudes qui donnent du dégoût pour les choses simples, et l'empreinte de tristesse qui se fait remarquer sur presque tous les individus. Aussi, plus de bals, plus de fêtes champêtres, plus de farandoles, à moins que les fifres et les tambourins ne soient payés comme dans les jours des fêtes républicaines, pendant que ces jeux étaient autrefois un des amusements les plus agréables du peuple, qui en faisait volontiers les frais. »

La haute société a des passe-temps qui sont aussi malsains :

> « On se presse, on s'entasse dans des lieux souvent étroits, que le feu, le nombre de chandelles et de bougies qu'on y brûle rendent encore plus malsains. On y passe une partie des nuits que l'on devrait donner au sommeil ; la parure, l'incurie, le jeu dissipent les ressources pécuniaires. Qu'a-t-on gagné en revanche ? rien. Des jeunes gens à peine échappés de l'enfance sont admis dans les cercles, ils n'ont rien acquis de ce qui pourrait les rendre agréables, ils veulent pourtant le devenir ou le paraître. Bientôt l'habitude de se trouver avec les femmes leur donne une sorte de langage, une espèce de galanterie froide, maniérée, qui peut amuser, mais qui n'est plus la franchise, l'amour de nos bons aïeux. Ceux-ci voyaient moins, ils imaginaient davantage, les passions s'enflammaient, les récits que l'on entendait rendaient les désirs plus vifs. On voulait appartenir à celui dont on vantait les qualités éminentes, les talents utiles ; on s'efforçait d'obtenir celle dont on connaissait les vertus, la douceur, dont on avait entrevu les charmes ; on contractait des mariages. A force de se voir aujourd'hui, on voit tout froidement, ou l'on se connaît trop bien : aussi rien n'est-il plus rare que les mariages entre jeunes gens et demoiselles de la ville. »

Terminons avec ce passage toujours d'actualité, comme si l'histoire des peuples était une perpétuelle redite. Sur le tableau du nombre des admis à l'hôpital, Pamard constate que si, avant la laïcisation, il y avait une moyenne de trois mille malades, après le départ des religieuses, le nombre des entrées est tombé à environ 900 ; et il conclut : « Parmi les causes qui ont détourné les malades de se rendre à l'hôpital, on peut compter la suppression des religieuses. Ces personnes respectables, animées par les sentiments de la religion et de l'humanité, se vouaient à Dieu et le servaient dans la personne des pauvres ; aussi leur prodiguaient-elles les soins les plus assidus et les plus empressés. Les fonctions les plus pénibles et les plus dégoûtantes ne les rebutaient point,—elles attendaient du ciel le prix de leur dévouement ; elles consolaient le pauvre, et adoucissaient ainsi avec le sentiment de ses maux celui de sa misère. Combien de bourgeois étaient moins bien servis chez eux que l'indigent ne l'était à l'hôpital !... Il serait à souhaiter qu'ici, comme on l'a déjà fait ailleurs, on rétablit la maison de ces vertueuses filles. Il s'en faut bien qu'elles aient été remplacées par des gens à gages qu'on a chargés de leurs fonctions. Le bon ordre, l'économie, l'humanité commandent leur rétablissement. »

Ajoutons que la *Topographie d'Avignon*, couronnée par l'Institut de santé et de salubrité du Gard, fut imprimée par ordre et aux frais de l'administration municipale de la ville.

VI.

Quand on a parcouru les œuvres d'hommes tels que Pamard et Pancin, qu'on songe qu'ils avaient en plus une clientèle à satisfaire, un enseignement à préparer, des services hospitaliers, on en arrive à conclure qu'ils devaient sacrifier peu de temps aux plaisirs mondains. Ce n'est pas cependant à dire qu'ils vécussent en cénobites. Nous savons que toutes les semaines on se réunissait soit chez Pamard, dans la maison de la place de l'Amirande, soit chez le traiteur, le fameux Martel.

A la place de l'Amirande, les amis étaient reçus par une aimable maîtresse de maison. Pamard, en effet, avait épousé une jeune fille, à laquelle, au dire des lyriques contemporains, on aurait pu appliquer le tableau que Mistral fait de Mireille :

> E soun regard èro uno eigagno
> Qu'esvalissié touto magagno,
> Dis estello mens dous es lou rai, e mens pur...
> E sa peitrino redounello
> Èro un pessègue double e panca bèn madur (1).

A côté d'elle figurait la sœur de l'amphytrion, Mlle Julie Pamard, qui joignait la grâce à la gaieté. Là, nous rencontrions Hyacinthe

(1) Et son regard était une rosée — qui dissipait toute douleur, — des étoiles moins doux est le rayon, et moins pur : et sa poitrine arrondie — était comme une pêche double et pas encore bien mûre. (*Mirèio*, chant I.)

Morel, débitant aux dames ses fadeurs et ses vers de confiseur ; Calvet y discutait avec Thomas, un autre intime, un célèbre original qui avait tout ce qu'il fallait pour faire un bon peintre et ne devint qu'un piètre jurisconsulte. C'est probablement de lui qu'est cette plaisanterie : envoyant un bouquet à Mme Pamard le jour de sa fête, il l'accompagna de ce billet ·

> Ministre éclairé d'Esculape,
> Joignant le savoir à l'esprit,
> Parant les coups que la mort frappe,
> Pamard console et nous guérit.
> Mais quoiqu'à son expérience
> L'art doive de nombreux succès,
> L'art n'en a pas moins d'impuissance
> Sur ceux qu'ont blessé tes attraits.

Et il ajoute en post-scriptum : « Les vers sont pour Madame, le bouquet est pour Monsieur (1). »

Chez le traiteur, les réunions étaient plus libres, les plaisanteries plus risquées. Au dessert, Hyacinthe Morel récitait ses vers à Zulime, qu'il console d'avoir, à dix-huit ans, épousé un riche octogénaire. En terminant sa palinodie, il donne à la jeune personne ce bon conseil :

> Mais si d'un hymen malheureux
> Tu dois subir la loi cruelle,
> S'il faut céder, malgré tes vœux,
> Du moins ne me sois plus rebelle ;
> Savoure, en couronnant mes feux,
> Le doux plaisir d'être infidèle.

Thomas sortait de sa poche quelques feuillets : c'est la nouveauté du jour, un événement dans le monde médical, sous le titre de : *L'anti-vaccinateur*, comédie en deux actes et en prose, précédée d'un éloge de Jenner, par Louis Delosme, officier de santé à Avignon. Stupéfiante comédie, où les amoureux roucoulent en se racontant des observations de variole, où le jeune premier, avant de demander la main de sa future, s'enquiert si elle a été vaccinée, et fait à son beau-père rebelle à la vaccine un cours complet sur l'histoire, les avantages et la pratique de l'inoculation. Oh ! le bon Joseph Prudhomme que devait être ce

---

(1) Pamard fit recevoir Thomas de l'Athénée. Thomas s'y rendit le jour de sa réception : on lui souhaita la bienvenue ; il répondit, raconte le procès-verbal, par un compliment spirituellement original, et ce fut fini. Il fit partie de l'Athénée jusqu'à sa mort (17 septembre 1839), mais ne vint jamais à une seule séance.

Louis Delosme ! Sa pièce est tellement idiote, qu'après un bon dîner cela devait faire, rire et digérer que d'en entendre lire et commenter quelques passages.

A son tour, Pamard débitait sa chanson sur *Le nouveau jeu de trictrac*, dont je rapporte seulement le premier couplet, qu'il faut lire en nous rappelant que nous sommes à la fin du XVIIIe siècle, et que la pudibonderie britannique ne nous a pas encore imposé son hypocrisie, ses cols et ses chapeaux hauts :

LE NOUVEAU JEU DE TRICTRAC

CHANSON.

Galants, je veux vous apprendre,
Sans livre et sans almanach,
Un jeu facile à comprendre.
Un nouveau jeu de trictrac :
Il faut, en seivant la chance,
Mettre les dames en bas.
C'est par là que l'on commence,
Sans quoi l'on ne case pas.

Nos confrères, à cette époque, cultivaient beaucoup la poésie en leurs loisirs, et comme la langue provençale était plus parlée dans la classe aisée qu'elle ne l'est aujourd'hui, ils excellaient dans ce dernier genre. Un simple barbier de village, le citoyen Fornier, de Morières, écrit à Pamard, le 18 mars 1793 : « Notre malade fut saigné hier au soir ; malgré ce secours... la nuit fut laborieuse », et il continue en ces termes :

« Agué la fèbre tres vioulento,
La peu fort seco et fort ardento,
Sei gauto coulour de courau,
E lou coc rede coume un pau,
La testo proun destimbourlado,
La respiracioun geinado,
E lou malau es esta ansin
Jusqu'à quatre ouro Jou matin,
Que la susour s'es desplegado
E la naturo soulageado.
Per aqueu mouten mervelous
Lou mau esten men vigourous.
Morphé, plein de coumplesenço,
Iè proudiguè ses bienfasénço
En lè versen den lou cervèu
Sei pavots pu dous que lou mèu
Qu'an calma la testo exaltado.
A ben dourmi la matinado,

> Et desempiei qu'a fa un bon soun
> Es tranquille comme un peissoun (1). »

Pamard réussissait fort bien dans ces poésies provençales ; nous avons trouvé dans ses papiers ce morceau de lui, composé en 1791, alors qu'il était en voyage à Embrun, je crois :

CONTE PROVENÇAL (2).

Un artisan, noumá Dutour,
Vivié fort à l'aise au vilage,
Mai, ennuya d'un long veuvage,
Fuguè tenta, sus sis viei jour,
De se metre en nouveu meinage
Pèr tasta encaro lei douçour
Dou sacramen dou mariage.
Aquéu proujet n'èro pas sage,
Mai savé touti qu'à tout age
La resoun, suivant soun usage,
S'en vai, quand vei veni l'amour.

La joulno et charmanto Janeto,
Fiho dou meinagié Coumta,
Que demouravo à soun cousta,
Ero tout à fait poulideto.
Lou blound Phébus n'avié pourra
Gis de doumage à sa beuta
En la renden un pou bruneto.

Tout lou vilage ere encanta
E Jou pichot air esfrounta,
E Jou bon biai de la fiheto.
Sei dous pichot pouli tetoun,

---

(1) Il eut la fièvre très violente, — la peau fort sèche et brûlante, — les joues rouges comme du corail, — et le corps raide comme un pieu, — la tête divagant, — la respiration gênée. — Le malade est resté dans cet état — jusqu'à quatre heures du matin : — alors la sueur s'est manifestée — et la nature s'est soulagée. — Par ce moyen merveilleux, — le mal étant moins fort, — Morphée, plein de complaisance, — lui a prodigué ses bienfaits, — en lui versant dans le cerveau — ses pavots plus doux que le miel : — ils ont calmé l'exaltation dans la tête. — Il a bien dormi dans la matinée, — et depuis qu'il a fait ce bon sommeil, — il est tranquille comme un poisson.

(2) Un artisan, nommé Dutour, — vivait fort à l'aise au village, — mais ennuyé d'un long veuvage, — il fut tenté, sur ses vieux jours, — de se mettre à nouveau en ménage — pour tâter encore les douceurs — du sacrement de mariage. — Ce projet n'était pas sage, — mais vous savez tous qu'à tout âge, — la raison, suivant son usage, — s'en va, quand elle voit venir l'amour.

La jeune et charmante Jeannette, — fille du paysan Comtat, — qui demeurait à son côté, — était tout à fait joliette. — Le blond Phébus n'avait causé — aucun dommage à sa beauté, — en la rendant un peu brunette.

Tout le village était enchanté — et du petit air effronté, — et de la bonne tournure de la fillette. — Ses deux jolis seins, — dont les mouvements repoussaient — le fichu

Doun lei mouvamen repoussavoun
Lou fichu que lei ten rejoun,
Causavoun de distractioun
Ei garçoun que lis espinchavoun.
A tout moumen noste barboun
Vous la lorgne de la prunello
E sent, en regardant la bello,
L'esguioun d'amour que lou poun.
Enfin, sen faire attentioun
A la disproupourtioun d'age,
Vai vers lou père dou tendroun
E la demande en mariage.
Sieu proun riche, demande ren,
Diguè au pèro de la fiheto,
Dounas-me soucamen Janneto,
Pèr toujou me rendrès counten.

Fort charma de se n'en desfaire
Sen desboursa lou mendre argent,
Meste Coumta balancè gaire :
Janetoun aguè beu ploura,
De ceda se veguè fourçado,
Et din tres jour, contre soun gra,
Per l'entremise dou cura,
L'affaire fuguè terminado.
La vequi Madame Dutour.
La pichoto èro desoulado,
Car brulave en secret d'amour
Per un garçoun dou vesinage
Que l'amavo forço à soun tour :
Eroun a pou près dou meme age.
Jamai couple mieus assourti :
Lisimoun èro, sen menti,
Lou pu beu garçoun dou village,
Roubuste, gaillar, ben basti.
D'aqueu funeste mariage
Fuguè vivamen affligea.
L'espoir soulè de se vengea

qui les tient serrés, — causaient des distractions — aux jeunes gens qui les contemplaient. — A tout moment notre barbon — vous la lorgne de la prunelle, — et sent, en regardant la belle, — l'aiguillon de l'amour qui le piqu·. — Enfin, sans faire attention — à la disproportion de l'âge, — il va vers le père du tendron, — et la demande en mariage. — Je suis assez riche, je ne demande rien, — dit-il au père de la fillette. — Donnez-moi seulement Jeannette, — pour toujours vous me rendrez content.

Très heureux de s'en défaire, — sans débourser le moindre argent, — maître Comtat n'hésita pas. — Jeannette eut beau pleurer, — elle se vit forcée de céder, — et trois jours plus tard, bien malgré elle, — par l'entremise du curé, — l'affaire était terminée. — La voilà Madame Dutour. — La fillette était désolée, — car en secret elle brûlait d'amour — pour un garçon du voisinage — qui lui aussi l'aimait fort. — Ils étaient à peu près du même âge : — jamais couple ne fut mieux assorti. — Sans mentir, Lisimon était — le plus beau garçon du village, — robuste, gaillard, bien bâti. — De ce funeste mariage, — il fut vivement affligé : — l'espoir seul de se venger —

Dé la perte de sa mestresso
Su lou froun de soun viei rivau,
Diminuavo sa tristesso,
Et lé poudié guari soun mau.
L'entrepresso ei fort espinouso;
Dutour avié l'humour jalouso,
Per l'alarma n'en fouié pou ;
Mesfisen coume un espagnou,
Ni jour, ni nieu, n'èro tranquilo,
Tant redoutave l'acciden,
Coumun à forço hounestei gen.
Perqué tan de soutn inutilo ?
Au mai tachas de l'evita,
Messieus, au pus leu n'en tasta.
Noste novi s'escartè gaire,
Mai un beu jour, de gran matin,
Part per lou village vesin,
Vounte l'appeloun seis affairo.
Lisimoun, qu'en aqueu moumen
Amour rendeguè devinaire,
Picn à la porto douçamen :
Janeto l'ouvre, e lou vesen
Pou pas cacha soun allegresso,
Esprovo la pus douço ivresso,
E s'esvanoui din si bras.
Noste galan, sens s'esfraya,
Embrasso sa belle mestresso
Que reprens seis esprit d'abord,
Et maugra sa vivo tendresso,
Per mettre à couvert sa sagesso,
Vou resista, fai un esfort ;
Mai siegue amour, siegue faiblesso,
Ou ben un marri cop dou sort,
Lisimoun fuguè lou pus fort.

Foudrié, per mieu vous satisfaire,
Vou douna la descriptioun
Dei dous moumen que Janetoun
Passé 'mé soun cher Lisimoun.

de la perte de sa maltresse, — sur le front de son vieux rival, — diminuait sa tristesse, — et pouvait le guérir de son mal. — L'entreprise était fort épineuse : — Dutour avait l'humeur jalouse, — il fallait peu de chose pour l'alarmer ; — méfiant comme un espagnol, — il n'était tranquille ni jour ni nuit, — tant il redoutait l'accident — commun à bien des honnêtes gens. — Pourquoi tant de soins inutiles ? — Plus vous cherchez à l'éviter, — Messieurs, plus tôt vous l'êtes. — Notre nouveau marié ne quittait pas le logis, — mais un beau jour, de grand matin, — il part pour le village voisin, — où l'appelaient ses affaires. — Lisimon, à ce moment, — l'amour le rendit devin, — frappe doucement à la porte. — Jeannette ouvre, et le voyant, — elle ne peut pas cacher son allégresse, — elle éprouve la plus douce ivresse, — et s'évanouit dans ses bras. — Notre galant, sans s'effrayer, — embrasse sa belle maltresse, — qui, reprenant ses sens, — et malgré sa vive tendresse, — pour mettre à couvert sa sagesse, — veut résister, fait un effort ; — mais soit amour, soit faiblesse, — soit un mauvais coup du sort, — Lisimon fut le plus fort.

Il faudrait, pour mieux vous satisfaire, — donner la description, — des doux moments que Jeannette — passa avec son cher Lisimon. — Il m'en coûterait trop de le faire,

Mai me coustaié trop à faire,
Et me n'en tirariéu pas ben.
Pareio causo podoun gaire
Se dire coume l'on lei sen.
Plaisi lei pus beu de la vido,
Perqué duras tant pou de tem ?
Perqué la naturo affaiblido
Nous accorde pas lou mouien
De vous ressenti pu souven ?
Lisimoun, tout vigourous qu'èro
Fuguè fourça de s'arrèsta,
Quand aguè cinq fe repeta
Lou jo que nous meno à Citèro
Au coumble de la voulupta.

Nostei dous amourous, jusqu'aro
A sei transport abandouna,
Soun cependant à jun encaro,
Et douas ouro an deja souna.
L'amour a ben de que nous plaire,
Mai quand a besoun de dina
Trove que n'ei plus bon à faire.
Janetoun din la basso-cour
Chousi ce que i'a de melour
Per regala soun calignaire.
Se despacho e n'espargno ren ;
Dins un dei cantoun de la cavo
Vai querre d'un vin eiccient
Que lou viei Dutour conservavo
Emé gran souin despiéi long tem.
Nostei aman dou jus d'autouno
Buvon pur e trinquon souven ;
Venus e lou dieu de la touno
Fan mervelo quand soun ensen.

A taulo lou tem dure gaire
Quand avès ben bon appetit:
De Janetoun, de soun fringaire,
Lou repas à peno ei fini,
Qu'après ave fa sa journado,
Fatigua de mena soun char,

— et je ne m'en tirerais pas bien. — Pareilles choses ne peuvent guère — s'exprimer telles qu'on les sent — Plaisirs les plus beaux de la vie, — pourquoi durer si peu ? — pourquoi la nature affaiblie — ne nous accorde pas le moyen — de vous ressentir plus souvent ? — Lisimon, quelque vigoureux qu'il fût, — dut s'arrêter — quand il eut cinq fois répété — le jeu qui nous mène à Cythère, — au comble de la volupté.

Jusques à maintenant, nos deux amoureux, — abandonnés à leurs transports, — sont cependant à jeûn, et deux heures ont déjà sonné. — L'amour a bien de quoi nous plaire, — mais quand on a besoin de dîner, — je trouve qu'il n'est plus bon à faire. — Jeannette dans la basse-cour — choisit ce qu'il y a de meilleur — pour régaler son amoureux. — Elle se dépêche et n'épargne rien : — dans un coin de la cave — elle va chercher un vin excellent, — que le vieux Dutour conservait — avec grand soin depuis longtemps. — Nos amants, du jus de l'automne — boivent pur et trinquent souvent : — Vénus et le dieu de la tonne — font merveille quand ils sont ensemble.

A table le temps dure peu — quand on a bon appétit. — De Jeannette et de son amoureux — le repas prenait fin, — alors qu'ayant fini sa journée, — fatigué de

Phebus anavo din la mar
Mé Tétis passa la vihado.
Muni d'un eicelent dina,
A sa coumplesento mestresso
'Lisimoun anavo douna
Une provo de sa tendresso,
Mai qaucun ven lou destourna
Au coumençamen de l'ouvrage :
Dutour, revengu dou voüage,
Piquè din lou meme moumen.
— Ai, moun ami, coume faren,
Dis Janetot n toute esmougudo,
Se te vei eici, sieu perdudo.
De mounte pourras t'escapa?
— Moun bel enfant, t'esfraies pas,
'Vai vitamen ouvri la porto
Per enfin que soupçonne ren ;
Vou à la cave, fai en sorte
De pas me lé leissa long tem.

— E bonsoir, ma bello Janeto,
Dis lou vici Dutour en intren,
Te sies languide eici souleto,
Mai poudieu pas faire autramen.
Une autro fes, certenamen,
Te leissarai pas, ma femeto.
— Sias ben leu esta de retour ?
— Cresieu de resta mai d'un jour,
Mai cregnieu qu'une longo absençy
Te causesse trop de chagrin.
Ai tant fa, Dieu marci, qu'enfin,
Apres ave fa meis affaire,
Sieu vengu sense m'arresta ;
Mai, à dire la verita,
More de fam, car, per leu faire,
De tout lou jour n'ai ren tasta.
Fai-mé leu soupa, ma Janeto,
Vai rempli lou flasque de vin,
Car vesè que i'a ren dedin,

conduire son char, — Phébus allait dans la mer, — avec Thétis passer la soirée. — Muni d'un excellent dîner, — à sa complaisante maîtresse — Lisimon allait donner — une preuve de sa tendresse ; — mais quelqu'un vint le déranger — au commencement de ce travail. — Dutour, revenu de voyage, — frappe au même instant. — Ah ! mon ami, comment ferons-nous, — dit Jeannette tout émue ; — s'il te voit ici, je suis perdue. — Par où pourras-tu t'échapper? — Ma belle enfant, ne t'effraie pas ; — va bien vite ouvrir la porte, — pour qu'il ne soupçonne rien. — Je vais à la cave ; fais en sorte, — de ne pas m'y laisser longtemps.

Et bonsoir, ma belle Jeannette. — dit le vieux Dutour en entrant, — tu t'es ennuyée ici seule. — mais je ne pouvais faire autrement. — Une autrefois, certainement, — je ne te laisserai pas, ma petite femme. — Vous avez été bien vite de retour ? — Je croyais rester plus d'un jour, — mais je craignais qu'une longue absence — ne te causât trop de chagrin. — J'ai tant fait, Dieu merci, qu'enfin, — après avoir expédié mes affaires, — je suis revenu sans m'arrêter.—Mais, à dire la vérité, — je meurs de faim, car, pour vite faire, — je n'ai rien mangé de tout le jour. — Fais-moi promptement souper, ma Jeannette, — Va remplir cette bouteille de vin, — car je vois qu'il n'y a

E surtout fugues pas patoto.
Janetoun descend vitamen.
Noste galant, que s'ennuiavo,
D'abord entre sei bras-la pren,
E, per proufita dou moumen
Que lou hazard lé proucuravo,
Contro un touncu de la cavo
Pouço Janetoun douçamen.

La pichote inutilamen
Ié dis de demoura tranquille,
Qu'en aut Dutour attend lou vin ;
Lou grivol vai toujou soun trin,
E ce que dis es inutile.
Dutour pourtant languissiè
E cridavo deis escalè :
Eh ! ben, que fas, lé dis encaro,
Restaras-ti jusqu'à deman ?
— Lou roubinet coulo tant plan,
Respond Janeto douçamen,
E d'un toun que s'entend à peno,
Car l'amour, dins aquéu moumen,
Ié lèvo la voix e l'aleno.
Dutour s'esfraye et crei d'abord
Que sa femo aviè mau de cor.
Vou vite descendre à la cavo
Per saupre ce que se passavo ;
Mai glisse au premier escalè
E barrulo jusqu'au darnié.
Lou paure ome piqué de testo,
Soun front ven gros coume lou poun :
Cride au secour, e Janetoun
A lou releva fuguè lesto.
E lou fourt'una Lisimoun
Proufitè de l'oucasioun,
E part sen demanda soun resto.

rien dedans, — et surtout ne sois pas lente. — Jeannette descend aussitôt. — Notre galant, qui s'ennuyait, — d'abord la prend entre ses bras, — et pour profiter du moment — que le hasard lui procure, — contre un tonneau de la cave — il la pousse doucement.

La fillette inutilement — lui dit de rester tranquille, — qu'en haut Dutour attend son vin; — le galant va toujours son train, — et ce qu'elle dit est inutile. — Dutour cependant perdait patience, — et l'appelait du haut de l'escalier : — Eh ! bien, que fais-tu ? lui dit-il encore, — resteras-tu jusqu'à demain ? — Le robinet coule si lentement, — répond doucement Jeannette, — et d'un ton qui s'entend à peine, — car dans ce moment l'amour — lui coupait la voix et le souffle. — Dutour s'effraye et croit d'abord — que sa femme a eu mal au cœur. — Il veut vite descendre à la cave — pour savoir ce qui s'y passe : — il glisse au premier escalier, — et roule jusqu'au dernier. — Le pauvre homme donna tête première, — et son front devient gros comme le poing. — Il crie au secours, et Jannette, — fut prompte à le relever, — pendant que le fortuné Lisimon — profite de l'occasion — et part sans demander son reste.

Coume l'amour donne d'esprit,
Janetoun, rusado coumaire,
Se mettè davan soun mari
Per enfin que lou calignaire
S'enanesse senso estre vi.
— Moun bon ami, sieu ben chagrino
De ce que vous es arriva,
Mai, tamben perqué descendia ?
Venes, mounten à la cousino,
Su l'endré vounte avé douna
Meiren un papié sabouna,
Dounas-mé lou bras. — La couquino
Tachè de prendre un air doulen,
E, per ma fé, reussi ben,
Car lou paure Dutour, counten
Deis attentioun de Janeto
Oublide lou mau qué s'ei fa
Per remercia sa femeto
De seis souin e de sa bounta.

Sachés, vieillars, qu'à la jouinesso
N'inspirares jamai d'amour,
E que, coume au paure Dutour,
Vosti jouine femo ou mestresso
Vou faran jamai de caresso
Que per vous jouga quauque tour.

Envoi dudit conte par l'auteur à son pére, en 1791.

Aques conte vous fara rire.
N'avès besoun, lou marrit tem
Rend tout lou mounde mau counten ;
Mai fau ben que tout eiço vire :
Chasque causo au mounde a soun tour,
Lou beu tem ven apres l'ourage,

Comme l'amour donne de l'esprit, — Jeannette, rusée commère, — se mit devant son mari, — pour que son amoureux — disparaisse sans être vu. — Mon bon ami, je suis bien fâchée — de ce qui vous est arrivé. — Mais aussi pourquoi descendre ? — Venez, montons à la cuisine. — Sur l'endroit où vous avez frappé — nous mettrons un morceau de papier savonné. — Donnez-moi le bras. — La coquine — tâche de prendre un air dolent, — et, par ma foi, elle y réussit bien, — car le pauvre Dutour, content — des attentions de Jeannette, — oublie le mal qu'il s'est fait — pour remercier sa petite femme — de ses soins et de sa bonté.

Sachez, vieillards, qu'à la jeunesse — jamais vous n'inspirerez d'amour, — et que, comme au pauvre Dutour, — vos jeunes femmes ou maîtresses, — ne vous feront jamais de caresse — que pour vous jouer quelque tour.

ENVOI.

Ce conte vous fera rire, — vous en avez besoin ; les tristes événements — rendent tout le monde mécontent, — mais il faut bien que tout cela finisse : — en ce monde, chaque chose arrive à son tour, — le beau temps vient après l'orage, — et malgré les revers,

E maugra lei revers, lou sage
N'es jamai de marrido humour.
Se lou conte dou viei Dutour
Pou merita voste suffrage,
Recevès-lou coume lou gage
De moun zèlo e de moun amour,
Es à vous qu'apparten l'ouvrage
Pièique l'autour vous deu lou jour.

VII.

Parmi les intimes de la maison, il en est un autre que nous ne devons pas oublier : c'est Pierre Pomme. Pomme était un modeste médecin d'Arles, qui se fit une réputation européenne par son *Traité des affections vaporeuses*. Sans abandonner complètement sa patrie, il fit de longs séjours à Paris, où la cure de quelques maladies désespérées augmenta encore sa célébrité. Sa méthode par les humectants était directement opposée à celle des irritants, lancée par Brown et alors en honneur. Ses succès à Paris firent naître la jalousie, sans qu'on reconnût sa valeur. Pomme avait acquis, par sa pratique, une fortune considérable ; il se souciait fort peu de l'Académie de médecine : si elle le méconnaissait, il la tenait pour ce qu'elle était, l'ayant vue de près, et ayant pu, avec sa finesse d'esprit, juger de la valeur de ses sommités.

En 1786, Pierre-F.-B. Pamard l'incitant à intriguer pour se faire ouvrir les portes de l'Académie royale de médecine, Pomme lui répondait avec sa bonne franchise : « Ne venez pas me proposer votre fichue Académie, et sachez qu'une académie, quelle qu'elle soit, est une vraie écurie, et l'on y bronche presque toujours ; on y effleure tout sans rien approfondir ; une académie ne fut jamais enfin la trompette d'une vérité médicale et conséquemment d'une vérité utile (1) ».

L'amitié que Pomme avait pour Pierre-François-Bénézet Pamard se reporta sur son fils.

En 1797, le *Traité des affections vaporeuses* avait déjà eu cinq

---

le sage — n'est jamais de mauvaise humeur. — Si le conte du vieux Dutour — peut mériter vos suffrages, — acceptez-le comme gage — de mon zèle et de mon amour. — C'est à vous qu'en revient le mérite, — puisque l'auteur vous doit le jour.

(1) *Les œuvres de Pierre-François-Bénézet Pamard*, Paris, Masson, 1901, pièces justificatives, lettres de Pomme, p. 366.

éditions : la première en 1763, la seconde en 1765, les trois
dernières, celles-ci aux frais du gouvernement, en 1767, 1776,
1782, in 4°. Après la Révolution, plus à son aise pour dire tout
ce qu'il pensait des vieux systèmes, Pomme pensait à faire une
nouvelle édition : il s'en ouvrit à Antoine-J.-B. Pamard :

Arles, 8 brumaire an VI (29 octobre 1797).

Ne vous impatientiez pas, mon cher Pamard, et ne regrettez pas, je vous en prie,
mes importunités, parce que je ne puis m'en défendre, attendu que j'ai besoin du fils
de mon tendre ami, comme j'avais besoin autrefois de son père. J'habite une ville
dépourvue de tout, tandis que la vôtre présente les plus grandes ressources ; c'est
un imprimeur que je cherche pour lui livrer une sixième édition de mon *Traité des
maladies nerveuses*, avec augmentations et corrections ; car à 70 ans on ne s'avise pas
de reprendre la plume. Je vous annonce dans cette dernière édition des choses
neuves et piquantes que je n'avais jamais osé dire sous le règne des médecins
despotes, et toutes ces nouveautés rendront cette édition très intéressante. C'es
ainsi que vous pouvez vous expliquer avec celui de vos imprimeurs à qui vous
donnerez la préférence. Ma dernière édition du Louvre, faite en 1782, est un in-quarto,
comme vous sçavez ; je laisse à l'imprimeur la liberté d'en faire trois petits volumes
in-12. Si nous nous arrangeons ensemble, je ferai quelques voyages à Avignon où
j'ai un parent et une parente qui ne me refuseront pas un asile (Pentanier, notaire),
pour veiller à cette impression. Tel est mon plan, et, à son défaut, j'irai à Paris pour
le même objet, ce dont je voudrais me dispenser, si cela est possible. D'après cette
instruction, voyez, parlez et agissez. J'attends réponse et vous embrasse de tout
mon cœur.   P. POMME.

Pamard lui répondit le 7 novembre :

« Je croyais ne rencontrer aucune difficulté, mais les imprimeurs ne calculent pas
comme les artistes.... J'ai parlé à tous ceux d'ici qui sont capables de remplir votre
objet, tous ont tenu le même langage. Ils ont présumé, par la lecture de votre lettre,
que vous vouliez vendre votre ouvrage, et ils ne veulent point l'acheter ; ils allèguent,
en outre les circonstances actuelles, la difficulté qu'ils peuvent trouver à placer un
traité particulier qui ne peut être à l'usage de tout le monde ; ils m'ont opposé
beaucoup d'autres motifs de refus. Tous le feraient volontiers à vos frais ; un autre,
nommé Seguin, en faveur de qui j'inclinerais, le ferait peut-être à moitié frais : sa
manière d'imprimer est fort soigneuse, les caractères qu'il emploie sont jolis, neufs,
nets, j'en ai été surpris moi-même dans les choses communes. »

Cette édition ne fut point faite à Avignon, elle parut à Paris en
1799 ; en effet, nous trouvons, du 15 août 1799, une lettre où
Pamard écrit à Pomme :

« Quoique vous ne m'eussiez plus parlé du projet de faire imprimer votre ouvrage,
j'imaginais bien que vous n'y aviez pas renoncé : l'envoi que vous venez de m'en
faire justifie l'idée que j'avais d'avance de ce qu'il pourrait être, écrit aujourd'hui.
Je vous félicite d'avoir enfin été libre de tout dire, vous avez usé de cette permis
sion avec tout l'avantage possible.... *L'in dono auctoris amicissimi* mérite bien aussi
de ma part une mention honorable : vous ne sauriez croire à quel point j'en suis
flatté. »

La dernière édition parut en 1803-1804 (3 vol. in-8°, traduits en allemand et en italien). Mais Pomme vécut encore de longs jours : il ne mourut qu'en 1812, âgé de 84 ou 85 ans, si nous en croyons ses lettres, et de 77 seulement, si nous nous en rapportons à ses biographies (1).

En 1803, il écrivait encore à Pamard cette curieuse lettre :

Paris, 25 messidor an XI (14 juillet 1803).

Je reçus votre charmante lettre à Paris, où je viens d'être appelé par Mme de Boufflers et pour M. son fils, seul rejeton de cette famille illustre. A peine suis-je arrivé que je suis visité par un jeune homme aimable et très instruit : c'est un neveu de M. Calvet 2), accompagné d'un autre qui me connaissait déjà et que je connaissais à mon tour. Ces deux étudiants en médecine m'apprennent que mon système ne révolte plus tant les médecins ni les professeurs, et qu'il est à l'ordre du jour, tandis qu'à Montpellier il est rejeté et blasphémé par Baumes, que je me charge d'écraser s'il s'avise de parler de moi encore une fois, car il n'y a rien de plus séduisant que de faire la leçon à un professeur de Montpellier qui s'avise de mettre la médecine en musique, je veux dire dans la clef d'un *général chronique*. Mais qu'il soit ce qu'il voudra, pourvu, toutefois, qu'il ne s'avise pas de m'insulter dans ses feuilles. Je suis curieux de sçavoir si notre Lycée et notre association médicale aura applaudi à mon zèle ou s'il l'aura blâmé. Vous m'avez dit en deux mots dans votre charmante lettre, je le devine, mais je me tais. C'est ce silence que j'avais tant recommandé à votre père sans pouvoir obtenir de lui cette privation. Je vous loue donc, mon cher enfant, de le garder, car vous ne convertiriez personne et vous augmenteriez le nombre de vos ennemis : laissez-moi seul faire cette grande besogne. Je me regarde comme un de ces enfants perdus que l'on envoie à l'assaut et qui en revient toujours sans blessure mortelle, car finalement j'ai 75 ans et je me porte bien. Mon petit opuscule sur l'abus du quinquina (3, certifie à l'univers que j'ai encore toute ma tête et que je ne suis pas mort, et le voyage que je viens de faire attesté à son tour que j'ai encore mes jambes en toute vigueur. S'il faut en croire aux deux jeunes gens que j'ai vus hier, je puis me présenter sans crainte à l'Académie des sciences et à la Société de médecine où ils prétendent que je serai bien reçu, et pour m'encourager à faire cette démarche, ils me citent le docteur Pinel qui, à mon exemple, vient de se déchaîner vigoureusement contre la pharmacie ; ils m'ont ajouté qu'ils m'annonceraient, et m'ont certifié le succès complet. Allons ! courage, faut-il bien faire ce nouvel essai ? Mais ce qui vous surprendra, sans doute, c'est que le vrai motif d'une réception aussi inattendue, c'est qu'une rivalité établie entre la Faculté de Paris et celle de Montpellier en font tous les frais : que cela est drôle ! La passion fut toujours le mobile des gens de lettres : à quelque chose malheur est bon. Je me résume, et c'est pour vous prier de me dire avec franchise comment mon opuscule a été pris, et qu'est-ce qu'on en a pensé, soit au Lycée, soit à la Société de

(1) La *Biographie générale* de Firmin Didot, t. 40, p. 691, copiée d'ailleurs par le *Biographisches Lexicon der harv. Aerzte*, de Gurlt et Hirsch, Wien, 1886, t. 4, p. 605, font naître Pomme en 1735 : il y a là une erreur, et d'après ces deux lettres, nous voyons qu'il naquit vers 1727 ou 1728.

(2) Calvet ?.... neveu d'Esprit Calvet. Né en 1783, il mourut en 1806.

(3) *Mémoires et observations critiques sur l'abus du quinquina*. Arles, 1803, in-8°.

médecine, dont M. Voulonne est président? Mon adresse est chez M. de Boufflers, rue Villa-Levèque, maison Surgères, n° 1292. Je vous embrasse.

P. POMME, *médecin*.

N'oubliez pas La Brousse (1), tout jacobin qu'il est, et ne vous mêlez plus du mariage de sa fille ! Ces messieurs ne se mésallient jamais !

Ce Baumes, que Pomme voue aux gémonies, était un ancien médecin de Nimes nommé professeur à Montpellier (1777-1828). Ce fut un ami de J.-B.-Antoine Pamard. Toutes les fois qu'il se croyait gravement atteint, Pamard mandait Baumes à son chevet. En 1816 il y eut même un projet de mariage entre le fils de Baumes et la fille de Pamard (2). La non réalisation de ce projet ne rompit pas leurs relations, et en 1825, Baumes, souffrant d'une kératite, s'adressait à son ami Pamard :

Montpellier, 23 juillet 1825.

Lors de votre dernier passage à Montpellier, vous me témoignâtes un intérêt auquel je fus très sensible. Vous y joignîtes des conseils pour le mauvais ulcère que je porte au-dessus de l'œil droit. J'ai encore présent à l'esprit que vous me proposâtes : 1° un mélange à parties égales d'acétate de plomb liquide et d'acide citrique pour en toucher la surface ulcérique ; 2° un cérat chargé de ciguë en poudre avec addition d'acétate de plomb solide, 3° et pour l'usage interne, l'extrait de ciguë en pilule, et la pommade antipsorique formulée dans la pharmacopée de Londres. Diverses occupations m'ont fait suspendre l'exécution de ce plan thérapeutique. Hier, je voulus le mettre en œuvre ; l'ulcère fut couvert d'une couche du premier topique : il en résulta une très faible chaleur et une aussi faible tension dans le tissu ulcéré, sur-

(1) La Brousse Joseph, médecin d'Aramon, admis comme membre associé de l'Académie de Vaucluse, le 11 frimaire an XII (3 décembre 1803). Il avait été immatriculé à la Faculté d'Avignon en octobre 1750.
Il est l'auteur des ouvrages suivants :
1. *Quelle est la meilleure manière de cultiver l'olivier et de le préserver des insectes qui s'attachent à l'arbre et aux fruits*. Marseille, 1772, in-8°.
2. *Essai d'observations sur la phtisie, la fièvre lente, les ulcères, etc., guéris par un nouveau remède*. Avignon, 1769, 24 pages in-12.
3. *Nouvelle découverte sur la phtisie et sur toutes les fièvres causées par une suppuration interne, notamment sur les ulcères aux reins et à la vessie, etc., le tout suivi d'un essai sur la médecine et l'abus des remèdes employés dans nos maladies, etc.* Avignon, 1803, in-8°.
Il aurait aussi composé :
4. Un ouvrage intitulé : *La Callipédie*, 1808.
5. Un volume *de médecine (?)* intitulé : *Mélanges*.
6. *Mémoire sur la prétendue stérilité des femmes*, lu à l'Athénée de Vaucluse, le 31 décembre 1803.
7. *La taille des arbres*, mémoire lu à l'Athénée de Vaucluse, le 19 mai 1804.
8. *État présent de la médecine en France.* Avignon (?)
(2) Baumes écrivait alors à Pamard : « ...Vous avez une aimable fille, et je viens vous demander la permission de me rendre auprès de vous pour obtenir sa main pour mon fils. Il a 28 ans, ses mœurs sont pures, il a un état honnête, et par contrat de mariage je lui assure de ma part une fortune réelle de cent quarante mille francs. » Lettre du 17 octobre 1816.

tout dans ses bords inférieurs. Je n'ai pas sçu comment vous entendiez la suite de son usage. Faut-il y avoir recours tous les jours une ou plusieurs fois? Quand faudra-t-il s'arrêter?... Telles sont les questions que j'ai cru devoir vous faire sur le point fondamental de votre traitement, le restant étant suffisamment déterminé. J'attendrai votre réponse pour continuer. Je me flatte, etc.

BAUMES.

VIII.

S'ils avaient cru trouver en l'Athénée de Vaucluse un lieu de réunion et un centre d'études, les médecins furent déçus dans leurs espérances. Outre que le nombre des adeptes était restreint, les séances de l'Athénée n'étaient pas d'une régularité rigoureuse: bien des fois elles n'eurent pas lieu, faute de membres, si nous en croyons cette lettre du 2 juillet 1802, que Pamard écrivait à son président, M. Fortia d'Urban, alors à Paris:

« ...Revenez bientôt, vous nous manquez de toutes les manières. Je ne réponds pas de notre Athénée si vous ne venez lui rendre son plus ferme soutien: *In te omnis domus inclinata recumbit.* Trois fois nous nous sommes trouvés en si petit nombre que nous n'avons pas pu avoir de séance. Nous n'en aurions peut-être plus eu jusqu'à votre retour, si l'amour-propre et la curiosité n'avaient rassemblé la majeure partie de nos membres à l'occasion de Mᵐᵉ Viot, que nous avons possédée pendant quelques jours. »

En outre, les médecins ne pouvaient ennuyer les divers membres de l'Académie de leurs observations et de leurs discussions trop scientifiques. Aussi, tandis qu'ils continuaient à faire partie de l'Académie en tant que centre littéraire, lui communiquant ceux de leurs travaux qui n'avaient pas un caractère trop médical, la Topographie d'Avignon, les comptes rendus sur la vaccine, dès 1802 ils fondèrent à côté une réunion exclusivement médicale qui prit le nom de *Société de médecine d'Avignon*, avec Voulonne comme président, et Guérin comme secrétaire perpétuel. Cette nouvelle Société rallia la presque totalité des médecins avignonais. Elle eut le même sort que l'Athénée: après de brillants débuts, elle végéta tristement et finit par s'éteindre. Heureusement qu'en cette fertile terre d'Avignon, les sociétés littéraires et scientifiques sont comme le phénix, elles ont la prérogative de renaître de leurs cendres.

En Avignon

PAR M. PAUL MANIVET.

———

Tandis que nous pleurons nos maisons disparues,
Les gothiques palais qu'habitaient les aïeux,
On reconstruit partout, on redresse nos rues.

Les nouveaux logis, neufs et blancs, tentent les yeux ;
Mornes appartements, aux murs froids et sans fresque,
Rêvés par l'Angleterre et comme elle ennuyeux.

De l'Avignon papal, ardent et pittoresque,
Dont le mystique encens monte encore au cerveau,
De l'antique Avignon, que reste-t-il ? Rien presque.

Les dômes et les tours s'affaissent au niveau
De la Modernité, cette Babel de styles,
Et l'art ancien, hélas ! fait place à l'art nouveau.

Mais nous du moins, dans nos idéals péristyles,
Nous accueillons la Fantaisie et la Beauté
Qu'on exile parmi les choses inutiles.

Et nos pieuses mains, pour la postérité,
Recueillent du Passé les glorieuses pierres,
Et nous rebâtissons dans nos cœurs la cité,

L'héroïque cité dont on clôt les paupières ;
Et nous continuons le rêve paternel
Dans l'ombre que nous font ses murailles altières.

Chantez-la, troubadours, et toi, maître Aubanel,
Qui propagez l'amour du sol comme les cloches ;
Nous nous attendrissons au chant originel.

Doux verbe provençal, comme tu nous rapproches !
Tu proclames le coin de terre préféré.
Les lyres sauveront ce que brisent les pioches.

Nous aimons le décor où nous avons pleuré.
Pleurs de foi, pleurs d'amour. Oh ! les premières larmes,
Qui font l'homme plus pur et le lieu plus sacré !

Et quand nous retournons d'exil, comme tu charmes.
Profil nous souriant au lointain horizon !
Les cœurs les plus durcis, pays, tu les désarmes.

Quand on a pénétré dans la chère maison,
On redevient l'enfant qui survit dans tout homme,
Et l'on rit et l'on pleure à la fois sans raison.

C'est charmant, c'est exquis, c'est délicieux comme
Un fruit rafraichissant qu'on cueille à l'espalier.
Je ne sais rien qui soit plus doux à l'âme en somme.

Et l'on revit ses jours ingénus d'écolier ;
Puis, morne, l'on repart, emportant une image
Que nulle autre maison ne peut faire oublier.

Avignon, sous le ciel étranger, le ramage
Des cigales, un rien, nous rappelle tes murs ;
Et c'est vers leurs créneaux que monte notre hommage.

Tes fidèles remparts sont les gardiens sûrs
De nos vieilles vertus, et, ta lointaine gloire,
Leur granit invaincu l'atteste aux temps futurs.

Il nous suffit de voir tes ruines pour croire
Aux récits fabuleux de l'aïeul triomphant ;
Et nos fils, en jouant, apprennent ton histoire.

Et c'est pourquoi mon vers filial te défend.
Nous voulons qu'à nos yeux notre passé renaisse,
Et qu'où passa le père un jour passe l'enfant.

Je viendrai, près de toi, revivre ma jeunesse ;
Mais à tes traits chéris que l'on ne touche pas,
O mère sainte, afin que je te reconnaisse.

Qu'on te fasse plus grande et plus belle! Mes pas
Retentiront plus fiers sur tes pavés moins rudes ;
Mais sois la même encor sous tes nouveaux appas.

Garde tes souvenirs, tes chères habitudes,
Parle pieusement le parler ancestral,
Dont le rythme vibrant charme les multitudes.

Que l'on ne pense pas du moins : — Sans le mistral,
Cette ville serait la première venue ! —
Mais qu'on dise : — Voici le pays de Mistral ;

La ville aux cent clochers qui sonnent dans la nue ;
Le berceau des Crillon, des Vernet, des Pamard,
Et des artistes dont la race continue. —

Terre de liberté, d'élégances et d'art,
Avignon, n'as-tu pas, malgré ton air gothique,
D'Athènes le ciel bleu, les filles, le rempart ?

De tes vieux monuments monte, comme un cantique,
L'harmonieux essor de l'idéal sculpté ;
Aussi, nous oublions, épris de ta plastique,

La moderne laideur dans l'antique beauté.

Les Jolies Filles d'Avignon,

CAUSERIE

PAR LE Bon M. DE VISSAC.

Dieu! les jolies filles! Ainsi s'exclament en un concert unanime d'enthousiasme les touristes, les voyageurs et les artistes, traduisant l'impression qu'a produite dans leur âme une visite à la vieille cité avignonaise.

Certes, ils ont tout vu, tout admiré, tout chanté peut-être : les rives rhodaniennes aux sinuosités pittoresques, les îles aux vertes frondaisons que le fleuve borde d'un ourlet d'argent, les remparts antiques aux créneaux édentés, le Palais superbe à l'aspect grandiose et indéfini, les vieux hôtels cardinalices aux lignes sculpturales, les musées et leurs collections, les églises débordantes de souvenirs, aux nefs lambrissées de toiles illustres.....
Mais le spectacle sur lequel leurs yeux ravis se sont reposés avec le plus de complaisance est incontestablement le spectacle sémillant des jolies filles d'Avignon.

Aussi loin que nous remontions vers les témoignages écrits que nous a légués la postérité, nous retrouvons ces manifestations élogieuses, inspirées par les fleurs de grâce et de beauté écloses sur notre sol.

Le *gai-savoir* naquit, dit-on, en Provence, vers le XII° siècle, d'un sourire de femme. Eh bien! ce dut être d'un sourire d'Avignonaise, car innombrables furent à Avignon les héroïnes des *Chansons de gestes* recueillies plus tard avec passion par l'Arioste.

Ménestrels et troubadours célébraient à l'envi les charmes de nos belles compatriotes d'il y a 700 ans. On peut en juger par les *Canzone* et les *Sirventes* naïvement enflammés des Durand de

Pernes, Bertrand d'Avignon, Guillaume de Carpentras, Guillaume Rainols, Rambaud d'Orange, Bertrand de Pézars.... Leur littérature à paillettes, dérivée du latin et du grec, amalgamée de vocables ligures, arabes, turcs et hébreux, imprégnée des dépouilles des divers conquérants de la contrée, se prêtait à merveille à tous les caprices de la poésie galante.

Or, ce fut, on le sait, la galanterie, ce coquet et chevaleresque costume du moyen âge, qui donna naissance, cent ans plus tard, à l'institution des *Cours d'amour*.

Et la Cour d'amour d'Avignon est restée non moins célèbre que ses trois rivales de Signe, de Romani et de Pierrefeu. Ce fut peut-être la première Académie de Vaucluse.

Elle comprenait douze dames « des plus expertes et rusées aux cas d'amour », mais aussi des plus adorablement jolies de la cité. Elles étaient si belles, que Pétrarque, devenu lui-même un véritable troubadour provençal, les comparait aux douze constellations célestes :

> « Duodi donne honestament fasce
> Anza duodici stelto in mezzo sole. »

Cette Cour de beauté siégeait à côté de la Cour pontificale, tenait ses assises parallèlement aux assemblées de la Curie, recevait dans son prétoire les personnages de marque en visite auprès du Saint-Siège. Clément VI accueillait avec faveur les membres du galant aréopage, dans les rangs duquel la volage reine Jeanne de Naples, durant son séjour à Avignon avec Louis de Tarente, un de ses trois maris, trouva de gracieuses émules et de provocantes rivales.

Parmi ces conseillères du Tribunal d'amour, aussi fameuses par les perfections du corps que par les délicatesses de l'esprit, on peut citer : Adeline, vicomtesse d'Avignon, Blanchefleur de Flassans, Doucette de Moustiers, Arembuge de Rosiers, Miramonde de Mauléon, Bruande d'Agout et Isnarde, sa sœur, chantée par Arnaud de Cottignac, Phanette de Gantelmes dont Nostradamus nous a gardé le souvenir, Cécile et Jeanne des Baux célébrées par Pierre d'Auvergne, la coquette Ermesinde qui désespéra Bernard de Palasol, Béatrix de Montferrat exaltée par Rambaud de Vacqueyras...

Mais du sein de cet Olympe émerge une beauté plus rayonnante qui demeurera le type le plus accompli de la jolie fille d'Avignon : j'ai nommé Laure de Noves, Laure dont on parlera toujours à

Avignon, — pardon, en Avignon, — et en Provence, Laure, la plus aimable femme du XIVe siècle et la plus aimée dans les plus beaux vers.

Laure n'était mariée que depuis deux ans au jeune Hubert de Sade lorsque Pétrarque en eut la vision dans la petite chapelle des Clarisses, et l'aube de la passion du poète devint pour son amante l'aube de l'immortalité.

Simon de Sienne, l'élève du Giotto, ne parvint jamais, paraît-il, à fixer sur la miniature qu'il fit de la charmante Laure le reflet d'idéal filtrant de son visage à travers le magique contraste de ses yeux noirs et de sa blonde chevelure. Tenons-nous-en donc au portrait tracé par le poète, portrait trois cents fois reproduit dans toutes les langues, mais qui ne garde son vrai coloris que dans son idiome primitif, portrait qui fera vivre jusqu'aux générations les plus reculées la mémoire de cette Béatrix d'un nouveau Dante :

« Je vais chanter celle que le ciel lui-même ne pourrait éloigner de moi.

« Laure a les yeux brillants d'une étoile ; sa bouche n'est que perles et roses ; elle a les cils d'ébène, les cheveux dorés, le teint d'une blancheur éblouissante, la taille souple et légère d'une liane, les épaules, les mains et les pieds incomparables. Sa démarche noble et majestueuse est celle d'une déesse, son air céleste, son regard plein de douceur, de gaieté et de candeur. La grâce la plus séduisante respire dans toute sa personne ; rien de plus expressif que sa physionomie, d'aussi angélique et d'aussi enchanteur que sa voix... »

Vingt ans elle aima et fut adorée : vingt ans elle resta l'inspiratrice, le laurier poétique, l'âme même de l'auteur des *Canzone*, aussi chaste au milieu des laves de la passion que le marquis de Sade, un de ses descendants, se montra licencieux.

Et lorsque la peste noire vint faucher en pleine éclosion cette radieuse provençale, jamais sanglots ne pleurèrent mieux, jamais amoureux regrets ne furent soupirés en plus touchantes élégies. On dirait la douleur elle-même débordant en effluves d'une âme inassouvie, d'un cœur qui se dessèche dans la vie, alors qu'il avait espéré revivre dans la mort, quand l'amante viendrait un jour visiter sa tombe couchée à l'ombre des saules et des lauriers roses, auprès des cascatelles de Vaucluse où il avait tant aimé.

L'idylle de Laure et de Pétrarque répand un charme suave et comme un parfum de printemps sur l'histoire de notre ville au moyen âge.

Laure, d'ailleurs, si elle l'a personnifiée, n'a pas absorbé en elle la renommée des jolies filles d'Avignon. Le culte ardent qu'elles inspirèrent aux hommes de goût s'est perpétué d'âge en âge.

Ouvrez les piquantes *Chroniques* de Froissart, et vous y retrouverez, décrites en un langage inimitable, difficile parfois à reproduire en public, « la gentillesse et l'irrésistible séduction » des sirènes avignonaises en 1389. Il les avait « savourées avec friandise », durant les somptueuses réjouissances données par Clément VII, à l'occasion du mariage de Jeanne de Boulogne, sa cousine, âgée seulement de 12 ans, avec le duc Jean de Berry, fils de France, déjà sexagénaire. Rien qu'à se souvenir l'eau lui en vient à la bouche et l'apologie coule de sa plume.

Ne partageait-il pas la même admiration, le bon roi René d'Anjou, plus artiste que roi, au cours de ce gracieux XVe siècle, durant lequel la Provence déborda de raffinements et d'élégances ?

Il appréciait beaucoup, nul ne l'ignore, les gentes damoiselles que la papauté schismatique avait ondoyées avant de quitter le sol de France. Il leur distribuait son portrait crayonné de sa main royale et les conviait aux fêtes qu'il organisait à Tarascon et qu'il réglait lui-même comme un ingénieux metteur en scène.

On en vit tout un essaim lui faire cortège à la solennité de la translation des reliques de sainte Marthe où, pour la première fois, apparut la Tarasque. Elles gazouillaient encore à ses côtés au pas d'armes de la *Bergère*, alors que Jeanne, sa femme, simple pastourelle, sans autre atour qu'un gentil chaperon de couleur rose, le barrelet au flanc et la panetière à la main, donnait au vainqueur, pour récompense, un anel et un baiser.

C'était à Avignon que le monarque sans royaume avait choisi cette confidente des jours amers, qui longtemps parvint à assoupir sa peine et ses chagrins. Elle mourut à la tâche, la pauvre dévouée, et il la fit enterrer au monastère des Célestins, qu'il avait fondé dans notre ville.

On rapporte qu'un jour le prince inconsolable, à l'imagination échauffée par les regrets, voulut revoir les traits adorés de celle que le trépas lui avait ravie. Le spectacle en fut effrayant. Le cauchemar de cette vision macabre hantait son sommeil et lui inspira ce fameux tableau peint à la détrempe, que l'on voyait encore aux Célestins d'Avignon avant la Révolution. Le tableau représentait un squelette à moitié couvert de son suaire, au corps rongé par les vers, affreusement défiguré, étendu rigide dans une bière tapissée de toiles d'araignée.

Et les générations se succèdent, et toujours l'avignonaise laisse après elle sa trace lumineuse.

Le rabelaisien curé de Meudon ne peut échapper lui-même à sa fascination : «Lorsque Pantagruel, en son bas âge, nous raconte-t-il, à son retour de l'Université de Montpellier, débarqua dans *l'isle sonnante,* il n'y fust pas trois jours sans tomber amoureux, car les jolies femmes y jouent volontiers de la prunelle, parce que c'est terre papale » (1). — Je ne fais pas mienne, il va sans dire, cette conclusion incongrue. — Pour l'arracher à d'aussi empoignantes extases, son précepteur, Epistemon, n'eut d'autre ressource que de le faire partir incontinent pour Valence.

En 1739, le président de Brosses, se rendant en Italie, s'arrêta à Avignon. Dès qu'il eut franchi les murailles, il crut être arrivé déjà de l'autre côté des monts. Dans les promeneuses qui défilaient élégantes devant ses yeux il lui semblait reconnaître le type des filles du Transtévère, ou des descendantes de ces Sabines si choyées par les fondateurs de Rome « Dans leurs veines, s'écrie-t-il, coule un sang admirable, et la santé déborde de leurs seins rebondis, d'une blancheur éblouissante » (2).

Pour une ville presque italienne, le genre de beauté décrit par l'aimable président du Parlement de Bourgogne me paraît revêtir un caractère un peu oriental.

Il est vrai que le fantaisiste voyageur vient de rencontrer son vieil ami, Lacurne de Sainte-Palaye, et qu'ils ont longuement fêté ensemble, autour d'une table bien servie, le plaisir de cette rencontre. Peut-être, en pareil état d'âme, a-t-il bien pu confondre légèrement le Rhône avec le Bosphore.

Je serais d'autant plus tenté de le croire que, dans le même article, il nous apprend, à notre profonde satisfaction, mais à notre non moins grande stupéfaction, qu'à Avignon *les rues sont larges et bien pavées.*

Pour nous rapprocher plus encore du temps présent, nous pourrions feuilleter le *Voyage dans le Midi* de Prosper Mérimée,

---

(1) Rabelais dit en réalité que les femmes y jouent volontiers du *serre-croupière*. T. II, page 31.

(2) *L'Italie il y a cent ans.* Le vrai texte porte : « Toutes ont de gros tetons blancs. »

ou bien ses *Lettres intimes* à Requien, et nous y verrions que, pour avoir parcouru notre contrée en inspecteur des monuments historiques, il n'en laisse pas moins éclater à chaque page sa prédilection, je dirais presque son fanatisme, pour les jolies avignonaises. Il les trouve moins antiques, moins... gallo-romaines que les monuments qu'il est chargé de décrire.

Pour lui, toutefois, la perspective n'est plus la même que pour le président de Brosses. Au lieu de se croire transporté au-delà des Alpes, il s'imagine, lui, être transporté au-delà des Pyrénées, en pleine Andalousie. Il suit d'un œil curieux les ravissantes senoras glissant d'un air mutin, d'un pied furtif, à travers un réseau de ruelles inextricables. Volontiers il jouerait des castagnettes ou de la guitare en les apercevant à leurs fenêtres, la mantille relevée, la figure encadrée dans des guirlandes de glycines, de liserons ou de campanules.

Les citations pourraient se multiplier à l'infini ; et il nous suffirait d'égrener au hasard quelques-unes des impressions de voyage de Stendhal, de Sterne, de Marchangy, de Lenthéric, de Daudet, de cent autres, pour entendre résonner, sans intermittence, l'hymne laudatif entonné par les vrais connaisseurs en l'honneur de la beauté qui auréole le front des Comtadines.

Et si les étrangers ont prodigué ainsi les palmes à des chefs-d'œuvre entrevus de loin, au passage, comment taxer d'exagérés les portraits tracés sur place, d'après nature, par les écrivains du cru, gourmets de choses délicates, appréciateurs d'autant plus compétents qu'ils sont plus familiarisés avec le sujet ? Comment s'étonner des rimes ensoleillées de Chauvier dans *Li jiho dóu soulèu*, des strophes passionnées d'Aubanel dans *Li jiho d'Avignoun* ?

Ne croirait-on pas qu'il est peint sur le vif le coquet pastel que j'emprunte, pour résumer cette partie de ma causerie, à notre regretté compatriote et collègue, le comte Armand de Pontmartin, dans ses *Mémoires d'un notaire* : « On ne connaît pas la ville des papes, dit-il, si l'on n'a contemplé, dans nos bals, dans nos promenades, dans nos fêtes, ces adorables créatures, piquantes et régulières, sérieuses et souriantes, sensuelles et idéales, rêves de poète et modèles de statuaire, créées pour la joie des cœurs et des regards, que l'on appelle les filles d'Avignon. »

Qu'a-t-elle donc en elle cette beauté, pour avoir été distinguée d'une manière aussi flatteuse par les peintres et les poètes, *pictoribus atque poetis?* De quoi est faite l'attraction qui s'en dégage ? Qu'est-ce en définitive que la jolie fille d'Avignon ?

Théorème mal aisé à résoudre, sphinx difficile à déchiffrer !

Tout est éclatant en elle, le rire, le verbe, le geste, la bouche, les yeux,... un coup de soleil !

Imprégnée de l'haleine du mistral, de l'azur du ciel, du parfum des orangers, elle apparaît vive, alerte et souple comme la gazelle, moins l'effarouchement sauvage. Sensitive à la carnation mate, à la tête aussi éveillée que la fleur du myrte, à la crinière qui ondule, à la prunelle qui flambe, au trait qui jaillit, elle reflète toutes les impressions avec la sincérité du miroir sans tache.

L'Avignonaise est un composé physique et moral d'éléments polygènes, la résultante de trois races harmonieusement fusionnées.

C'est tout à la fois à la longue domination aragonaise dans notre contrée, puis à l'immigration italienne durant ce qu'on a appelé la captivité de Babylone de la papauté, enfin à la prédominante influence de la maison d'Anjou qu'il faut attribuer l'originalité physiognomique et psychique qui la caractérise.

La lignée aragonaise et castillane des comtes de Provence introduisit chez nous, avec le tempérament de sa race, les mœurs, les usages et les goûts de Séville, de Barcelone et de Tolède. On vit s'implanter sur notre sol les quadrillas et les torils, la tremblottante mandoline, la ronde aragonaise, la farandole et les tambourins empruntés aux Maures. La cigale chanta en Provence comme dans les huertas de l'Andalousie ou sur les rives du Guadalquivir.

De son côté, le rayonnement de la Cour pontificale durant les 75 ans de son séjour à Avignon, joint à la folie de la conquête de Naples, qui hanta les comtes de la race angevine, peupla notre contrée d'une nuée génoise, pisantine, toscane, florentine... Avec elle s'introduisirent le triomphe de la forme, le galbe, — un langage plus académique que le mien dirait le *chic,* — le culte des arts, le goût du farniente, ainsi que celui des fêtes, des joutes et des tournois, développé à un si haut degré par la lignée de France, qui frappa toutes ces importations étrangères d'un cachet singulier de noblesse, de nationalité et d'élégance.

Donc, sang de gitane, corps de romaine, cœur de française, voilà la jolie fille d'Avignon.

Ne cherchez pas en elle la beauté d'après Solon ou Aristote ; ne lui demandez pas les combinaisons de traits strictement définies par l'esthétique classique ; non, la jolie fille d'Avignon prouve à elle seule que Métastase avait raison en soutenant qu'il n'y a pas d'absolu dans le beau qui est au contraire aussi varié que les sensations qu'il provoque. Elle dédaigne la banalité ; elle défie la définition. Elle a pour elle le charme, ce qui est bien, le don de plaire, ce qui est mieux. Elle possède la grâce, qui, selon le poète, est plus belle encore que la beauté.

Le plus souvent notre héroïne est brune, de toute la gamme des brunes de Velasquez et de Murillo, brune à faire comprendre le poème de la chevelure.

Brune parfois comme les Muses, à qui l'antiquité donnait des cheveux de violettes ; parfois brune du noir de l'Erèbe comme Proserpine ; brune de ce beau noir à reflets bleus de l'aile du corbeau comme Andromède dans son île des Cyclades ; brune de jaï comme Sapho et Cléopâtre ; brune sévère comme la Junon dans son Olympe ; brune touchante comme la Sunamite ; brune vermeille et amygdaline comme la Mireille du poète, au mas des Micocoules ; brune dorée comme l'Anglore, l'orpailleuse du Rhône, l'ensorceleuse aux yeux de perdrix des mariniers du Caburle.

Mais, quelle que soit son accentuation vers l'une des 32 principales nuances de noir notées par les spécialistes, on ne pourra jamais prétendre que notre brune avignonaise n'est qu'un *garçon adouci,* car la matité de son teint n'affecte pas son profil de vierge, le prompt regard de son œil de braise n'en atténue pas le velouté, la hardiesse de son allure n'en détruit pas la souple harmonie.

La jolie fille d'Avignon ne se refuse pas cependant le droit d'être blonde, quand cela lui plaît. Elle sait que le contraste du bronze à l'acajou ne messied pas, et il lui paraît curieux d'opposer par exception des flots de tabac turc ou de bière viennoise aux cascatelles des tresses sombres.

Toutefois, son goût la porte peu vers le blond clair de lune des rives de la Sprée ou de la Tamise. Elle choisit, à tant faire, le blond flavescent de l'école vénitienne, si bien rendu par le pinceau de Carpaccio, de Giorgione, de Raphaël ou du Titien.

Nul n'ignore qu'il fut un temps où la mode à Venise n'acceptait chez la femme que les tons ambrés, pareils au vin de Sillery

pétillant dans le cristal, le diadème échauffé comme un rameau
de dattes. De là cette bizarrerie qui a voulu que, dans la patrie
des brunes, les peintres n'aient, un siècle durant, jamais représenté que des blondes. Fantaisie d'artiste un peu semblable à
celle qui pousse nos artistes locaux, dont le soleil inonde la
palette de ses irradiations, à représenter avec une singulière
persévérance Avignon sous la neige.

Mais ici pas n'est besoin, comme à Venise, de recourir à
l'*arte biondeggiante*, au grand œuvre de blondissement. La
nature elle-même a doté, à titre exceptionnel, quelques-unes de
ses élues du poil d'or, du reflet ondoyant de la mésange bleue,
ou du coloris soyeux des magnanarelles.

Les marraines illustres ne leur ont pas manqué à ces blondes
filles éparses le long du grand fleuve, cygnes égarés sur un lac
d'ébène. Sur leur berceau tendu de thym et d'asphodèles, impré-
gné de douces odorances, aux langes parfilés d'oliviers, de
figuiers et de grappes jaunissantes, les fées antiques se sont
penchées, les mains pleines de dons. On m'a dit les noms de
quelques-unes ; elles s'appelaient : Cérès et Phœbé, Vénus et
Psyché, Bérénice dont Callimaque a placé la toison parmi
les astres du matin, Ariane avant sa désolation, l'audacieuse
Phryné, qui gagnait ses procès rien qu'en laissant tomber ses
voiles, Hélène, la préférée de Pâris, Diane chasseresse et cent
autres déités blondissantes. A leurs côtés, parmi les mortelles,
et par droit de naissance, la Laure de Pétrarque donnant la main
à la Béatrix du Dante, à la Délie de Tibulle, à la Cymthie de
Properce.

Mais la beauté n'est, après tout, qu'un reflet de l'âme, un
resplendissement du moral sur le physique. C'est dire que, brune
ou blonde, trempée de nue ou de rosée, la jolie fille d'Avignon a
l'âme droite et le cœur haut placé. Sous son empreinte matérielle
rayonne la vertu, cette source mystérieuse, intarissable et féconde
de pure et sublime harmonie.

Dans le discret sillon qu'elle a tracé à travers l'histoire, elle
chemine noble et généreuse, souvent chevaleresque, toujours
loyale et franche jusque dans les outrances où l'entraîne parfois
l'exubérance de sa nature et la vivacité de ses impressions.

Qu'elle chevauche, aux premiers âges, sur sa blanche haquenée,
suivie de son *servant d'amour ;* qu'elle siège sur les fauteuils de la
Cour galante, ou qu'elle se penche au chevet des pestiférés ;

qu'elle parade en grands atours aux fêtes somptueuses de
Clément VI, aux tournois du bon roi René, ou dans les salons
semi-mondains des princes vice-légats ; qu'elle guerroie, hardie
batailleuse, durant les guerres de religion ; qu'elle se montre
séditieuse intrépide, comme en avril 1530, sous la légation
d'Alexandre Farnèse, ou, comme en septembre 1795, sous la délé-
gation du représentant Boursault ; qu'elle périsse à la Glacière,
vibrante d'indignation sous les traits de M᷾ Niel, parée de ses
bijoux pour mourir, à l'instar de M˟ᵉ Arnaud ; lionne furieuse,
défendant, comme M˟ᵉ Crouzet, sa jeunesse et sa beauté pour les
conserver à l'époux qu'elle adore ; timide et chaste comme la
mignonne Élisabeth ou la délicieuse Marie Chabert ; qu'elle se
dresse, courageuse et sereine, sur la plate-forme triomphale de
l'échafaud, aux heures sanglantes, elle apparaît toujours comme
une vision enchanteresse, nimbée d'une lumineuse et fraîche
auréole, dans un cadre de grâce pudique et de sémillante aurore.

La jolie fille d'Avignon a franchi le temps et l'espace en restant
jeune et belle, car elle a conservé de la Provence éteinte deux
sentiments d'éternelle jeunesse et d'éternelle beauté, la confiance
et l'amour. Aujourd'hui, comme jadis, elle est un des joyaux de
la vieille cité papale, une des perles de sa couronne.

Si la Rome des Gaules a cessé d'être le foyer générateur de la
civilisation européenne, si, au lieu de la grande voix du pontife,
on n'entend plus dans la salle du Conclave que le pas monotone
des sentinelles, elle n'en est pas moins restée la cité de plaisance,
débordante d'entrain et de vie, sous l'archéologique corset de
murailles qui l'enserre comme un pâté dans sa croûte.

Elle n'en a pas moins conservé son soleil, son ciel bleu, sa terre
féconde, l'azur de ses flots, le parfum de ses îles, la splendeur de
ses horizons. Elle n'en a pas moins gardé sa race vigoureuse et
chaude, son mistral réconfortant, sa langue musicale, sa personnalité initiale, et.... jusqu'à l'arome de ses aliments.

Sont-ils morts ses vieux troubadours ? Est-elle tarie la fontaine
de gaie science issue de ses veines ? Demandez plutôt à l'écho
qui se fatigue à répéter, sur les cimes et dans les vallons, sous les
chaumes ou sous les charmilles, à côté du nom immortel de
Mistral, les noms glorieux d'Aubanel, de Roumanille, de Gras, de
Mouzin, et de toute une pléiade de ménestrels modernes. Le
soleil qui la grille est pour elle le feu des vestales antiques qui
couve sans jamais s'éteindre.

Ne revivent-elles pas les Cours d'amour du moyen âge quand s'assemblent parmi nous les Félibres et les Cigaliers, et qu'aux heures de maintenance, sous le sceptre de la reine de beauté, la poésie coule à pleins bords, tandis que la *Coupe sainte* s'emplit du sang vermeil de nos côteaux ?

Honneur aux filles du soleil !

La gothique Avignon, qui découpe en dentelles dans les étoiles ses mâchicoulis et ses créneaux, ses clochers et ses tourelles, restera la donneuse de joie, la petite terre de Chanaan, tant qu'elle possédera dans son sein les brunes et blondes charmeresses, lutins aux ailes d'or, qui ont illuminé son passé et qui embellissent son présent.

LE BANQUET

Après la nourriture de l'esprit, copieusement servie par les immortels de Vaucluse à l'élégante assistance de la séance publique de l'après-midi, vint la nourriture du corps, non moins abondante, délicate et choisie, où les estomacs académiques communièrent simultanément en une fraternité charmante, au milieu du joyeux cliquetis des verres, tandis que, comme le blond champagne, la seule hygiénique boisson de ce repas du centenaire, l'esprit pétillait à la ronde.

Quarante-cinq convives se trouvaient réunis autour d'une table excellemment servie autant que disposée savamment, et où les places d'honneur étaient occupées par les personnalités les plus officielles de l'antique cité des papes et de Vaucluse, par les représentants les plus autorisés du Gouvernement.

Savants ou bien rêveurs, archéologues ou penseurs ... chirurgiens ou éminents docteurs, hommes de s ... étaient présents, ainsi que nos plus grands poètes, peintres, musiciens, excursionnistes ou journalistes vauclusiens.

Le docteur Laval présidait ce banquet tout comme une séance académique, avec son autorité aimable, correcte et spirituelle. Le maire d'Avignon, député de Vaucluse, avait la présidence d'honneur. M. Jacob était délégué par le Conseil général; M. Dibon, par la Municipalité.

M. Deltel, en l'absence de M. le Préfet de Vaucluse empêché, représentait le Gouvernement.

Chacun vient de prendre place et, déjà, les yeux sont agréablement surpris, délicieusement charmés par la composition, véritablement exquise et simple à la fois, d'un menu qu'une artistique main dessina. Le vice-président de l'Académie de Vaucluse, M. Gabriel Bourges, donna là une nouvelle preuve de son talent. Le maître avait représenté les muses académiques de 1801 et 1901.

Chacune d'elles tend une palme qui, venant se joindre l'une à l'autre, forment comme une glorieuse couronne.

Si le menu est parfait, les mets qu'il annonce paraissent, dès l'abord, des mieux compris. Et tout à l'heure, au cours du repas, l'espérance fondée sur leur dénomination ne sera point déçue.

Potage Crécy. — Turbot hollandaise. — Filet de Lyon au chevreuil. — Jambon de Bayonne à la gelée. — Chapons truffés de la Barthelasse. — Salade Cyrano. — Bombe glacée. — Dessert. — Café. — Fine Armagnac. — Champagne.

La bombe glacée ne put refroidir elle-même l'entrain, la gaieté, l'enthousiasme, qui, du commencement à la fin, suivirent une marche ascendante.

Mais le silence se fait. L'heure des toasts est venue.

Le docteur Victorin Laval se lève. Il boit à la réunion nombreuse de ses collègues, au secrétaire général de la préfecture, au maire d'Avignon, sur lequel il compte pour l'obtention de certaines faveurs demandées, dont une circonstance imprévue a seule retardé la date.

Il souhaite ensuite la bienvenue aux délégués des Académies régionales : le baron Guillibert, secrétaire-général de l'*Académie d'Aix-en-Provence*, M. de Gérin, son collègue de la *Société de Statistique des Bouches-du-Rhône*, le docteur Chobaud, délégué de la *Société des sciences naturelles de Nîmes*. Il remercie les Sociétés sœurs : l'*Académie de Nîmes*, l'*Association archéologique du Tarn-et-Garonne*, et d'autres encore, qui ont bien voulu s'associer de tout cœur aux fêtes du centenaire.

Il toaste à Fernand de Rocher, délégué des Félibres et des Cigaliers de Paris. C'est avec eux que se seraient organisées les fêtes devant coïncider avec celles du centenaire de l'Académie de Vaucluse, et pendant lesquelles *Cytharis*, le drame lyrique du poète Alexis Mouzin, aurait été représenté.

Il souhaite, enfin, le groupement des associations de Vaucluse, du Gard, des Bouches-du-Rhône et des autres départements du Sud-Est. Avec cette collectivité scientifique et littéraire, nombreuse, forte et puissante, on aurait le droit et le devoir de compter. Ainsi pourraient s'augmenter encore, grâce à cette œuvre de décentralisation, la force et la grandeur de la Patrie.

Au tour de M. Pourquery de Boisserin maintenant. Le maire, après avoir promis d'appuyer les demandes légitimes formulées et non obtenues, par suite de motifs indépendants de sa volonté,

approuve vivement le projet, présenté par le docteur Laval et
concernant le groupement des sociétés régionales.

Il dit un mot élogieux de ces sociétés, des réels, des éminents
services rendus par chacune d'elles, notamment par l'Académie
de Vaucluse, en s'occupant de science, de littérature, et surtout,
chose d'une incontestable utilité pour chaque province, d'histoire
locale.

Puis, avec un esprit caustique, souvent primesautier, M. Pourquery de Boisserin s'étend, non sans un plaisir malicieux, sur le
sujet traité au cours de l'après-midi par le baron de Vissac : *Les
jolies filles d'Avignon*. L'orateur les a examinées plutôt en historien ; le maire-député d'Avignon parle d'elles en appréciateur, en
connaisseur.

M. Deltel boit à l'Académie de Vaucluse, à ses découvertes, à
son gai savoir.

On lira plus loin les toasts éloquents du baron Guillibert prononcé au nom de l'Académie d'Aix, et du vicomte de Gérin-Ricard
au nom de la Société de Statistique de Marseille, ainsi que le
brinde si harmonieusement poétique et chantant de Fernand de
Rocher, où les strophes charmeresses s'attristèrent un instant
en songeant aux antiques remparts prêts à tomber, bientôt peut-
être, sous la pioche des démolisseurs.

> C'est un peu de nous qui s'en va
> Quand on touche au passé des villes.

Le trait était piquant, mais si gentiment amené que le maire
lui-même ne put que sourire et applaudir, sinon à la pensée de
l'auteur peut-être, tout au moins à la forme littéraire sous laquelle
elle était présentée.

Et se levant, tandis que planait un silence fait de curiosité
autant que de surprise, il déclara que lui et le Conseil municipal
conservaient en leur cœur le respect de tout ce qu'il y a de beau,
de grand et d'idéal, de tout ce qui peut rappeler qu'Avignon fut
la ville des Papes.

Alors, comme religieusement on écoutait, M. Pourquery de
Boisserin ajoutait : « Mais ce respect, nous ne pouvons aucune-
ment l'avoir pour cette partie des remparts, plagiat vulgaire de
l'art gothique de nos pères, plagiat incombant, d'ailleurs, aux
architectes des monuments historiques. »

Puis il terminait ainsi : « Puisqu'à ce genre de remparts,
cependant, de nombreux ont l'air de tenir, on les leur conservera
pour leur être agréable, tout en regrettant que de plus grandes,
de plus nombreuses fêlures ne s'y produisent. »

—

Nous avons à citer le toast d'Alexis Mouzin au baron Guillibert et à M. de Berluc-Perussis, — ainsi qu'à nos présidents honoraires, M. Sagnier, si actif en sa verte vieillesse, et M. Mordon, toujours présent à notre affectueux souvenir. Le docteur Pansier but à son tour à l'hygiéniste, modeste, etc., docteur Larché.

Celui-ci, quoique intimidé, assure-t-il, par tant d'éloges inattendus, eut une humouristique réponse, — qui aurait déridé même les plus moroses, les plus sérieux parmi les académiciens, s'il avait pu s'en trouver, un soir de pareille fête.

Les toasts du maire au drapeau, puis au chef de l'État, terminaient la série.

Et les Académiciens, en attendant de se retrouver, en ce qui concerne au moins bon nombre d'entre eux, à l'excursion du mont Ventoux, se retiraient par groupes, heureux de ces quelques heures passées au milieu de cette docte et joyeuse assemblée, où l'esprit et l'estomac purent, à doses égales, entièrement se satisfaire.

EDMOND CAPEAU.

Brinde de M. le baron Guillibert,

SECRÉTAIRE PERPÉTUEL DÉLÉGUÉ DE L'ACADÉMIE D'AIX.

Messieurs et chers confrères,

L'Académie des sciences, arts, agriculture et belles-lettres d'Aix a eu à cœur et tenu à honneur d'être représentée aux solennités du Centenaire de votre savante et désormais illustre Société.

Les liens étroits, de nature diverse, qui unissent nos deux Compagnies depuis leur fondation, ceux qui, de tout temps, ont existé entre nos deux vieilles capitales du Midi, Avignon, la ville papale, Aix, la cité comtale, qui, l'une et l'autre, comme l'a rappelé tantôt votre érudit collègue, M. le baron de Vissac, furent sièges de Cours d'amour, ces liens, dis-je, sont trop nombreux pour que j'aie à les énumérer à cette heure. Je rappellerai seulement qu'il y a déjà plus d'un quart de siècle, un groupe d'académiciens d'Aix, s'inspirant des traditions de vos fondateurs de l'Athénée, s'unit aux lettrés d'Avignon pour célébrer le centenaire de Pétrarque. Et le monde latin garde la mémoire des splendides fêtes organisées en 1874 en votre ville et à Vaucluse, qui furent et demeurent comme la plus solennelle et la plus éclatante manifestation littéraire internationale du siècle passé.

Il m'est aussi particulièrement agréable d'ajouter que la plus haute récompense de poésie, mise alors à notre disposition par l'Académie Clémence-Isaure, fut décernée, au concours de nos Jeux floraux, à l'un de vos futurs présidents, à l'éminent et brillant poète dont nous nous réjouissons d'applaudir les beaux vers, ces jours prochains, à Orange, à M. Alexis Mouzin.

Aussi bien, un nouveau centenaire s'impose sous peu, à Vaucluse et en Avignon, en renouvellement de celui de vos aïeux de 1804. Dès aujourd'hui, préparons-nous à cette séculaire commémoration de la naissance du chantre de Laure. J'ai mission de vous assurer, Messieurs, du concours de l'Académie d'Aix, honorés, mes confrères et moi, de nous associer de nouveau à vous, pour la manifestation des sentiments les plus élevés que Dieu ait mis dans nos âmes.

La pensée du groupement des Académies et Sociétés savantes de la région que vous venez si chaleureusement d'émettre, M. le Président, et à laquelle M. le maire-député, dans son éloquent discours, et nous tous, avons vivement applaudi, sera certainement accueillie de toute part avec empressement. Elle ne peut qu'être féconde en heureux résultats.

En effet, le régime de décentralisation, depuis longtemps préconisé par les meilleurs esprits, ne doit plus tarder à passer de la théorie dans le domaine de la pratique. Sa nécessité s'affirme ; le mouvement décentralisateur s'accentue chaque jour davantage ; la « Fédération régionaliste française » est instituée, elle a créé des conférences, organisé d'importants congrès, fondé des bulletins et des publications périodiques ; le Parlement a une commission spéciale de décentralisation. L'œuvre des Sociétés académiques régionales sera d'autant plus considérable que les hommes d'étude et de savoir qui les composent sont appelés à diriger ce mouvement, en vue du maintien des traditions locales et de la défense des droits et des intérêts du pays. Car le peuple provençal, attaché à son sol, fidèle à sa langue, à sa race, à son esprit d'indépendance et de fierté, ne demande qu'à suivre cette impulsion, sachant bien que ses savants et ses poètes sont ses amis, parce qu'ils veulent pour lui le progrès et le bien-être social, et qu'ils en poursuivent la réalisation par l'émancipation de nos provinces dans l'unité de la grande Patrie.

Ces vœux d'union régionaliste de l'Académie de Vaucluse continueront avec éclat l'œuvre glorieuse qu'elle a accomplie durant les cent ans écoulés ; honneur à vous, Messieurs, à vos anciens et à vos futurs travaux ! Et comme, au pays de la belle Laure, les sonnets sont de tradition, vous me permettrez de finir en vous dédiant celui-ci :

A L'ACADÉMIE DE VAUCLUSE,

à l'occasion de la célébration de son Centenaire.

Les siècles marquent dans l'histoire
Les étapes du souvenir ;
Leurs faits, au temple de mémoire,
Servent d'exemple à l'avenir.

Un centenaire est une gloire
Quand son œuvre va refleurir
Et qu'à ses succès on peut croire :
Vieillir ainsi, c'est rajeunir.

Aussi cette grande journée
Pour l'Académie-Athénée
Est-elle une date à chanter.

Cent ans consacrés « à la muse,
Aux arts, aux champs », c'est apporter
Un triomphe à notre Vaucluse.

Toast de M. de Gérin-Ricard,

SECRÉTAIRE PERPÉTUEL DE LA SOCIÉTÉ DE STATISTIQUE DE MARSEILLE.

Un simple toast, Messieurs, pour m'acquitter de la très agréable mission que m'a confiée une sœur et une voisine de l'Académie de Vaucluse : la Société de statistique de Marseille.

Le choix fait, dans cette circonstance, de ma très modeste personnalité a son excuse dans le fait que je suis une des rares unités qui appartiennent à votre Compagnie depuis l'époque de sa reconstitution... et aussi parce que l'on sait à Marseille toute la sympathie qui m'anime à l'égard de l'Académie maintenant séculaire d'Avignon.

C'est à ces titres, Messieurs, que je dois l'honneur de venir vous dire au nom de la Société de statistique et au mien : je bois à la prospérité, au deuxième centenaire et aux succès futurs de la savante Académie de Vaucluse, à la santé de son distingué Président, à celle de son dévoué Secrétaire-général, au Comtat, à la ville d'Avignon !

Brinde de M. Fernand de Rocher.

DÉLÉGUÉ DU FÉLIBRIGE DE PARIS.

Messieurs, je porte vos santés !
Je bois à vous tous qui chantez
Et semez du bleu dans la vie.
Des savants ? non pas, des rêveurs,
Des esprits libres et des charmeurs,
Qui glanent rayons et saveurs
Sur la route blonde suivie.

Et c'est avec joie et fierté
Que je bois à votre santé
De la belle part des Félibres :
Grandis sous le même soleil,
Notre rêve au vôtre est pareil ;
Nous aimons le Midi vermeil
Avec la même ardeur aux fibres.

Nous le chantons et nous l'aimons
Pour ses garrigues, pour ses monts
Dont la crête au lointain rougeoie ;
Pour ses plaines, où le froment
Enfle ses vagues mollement ;
Pour le bleu de son firmament
Où tremblent des frissons de joie.

Vous, Messieurs, vous êtes restés
Dans les parfums et les clartés,
Dans Avignon, Impératrice
Des cités où règne Mistral,
Où je ne sais quoi de papal,
De souverain, de triomphal,
Met son empreinte évocatrice ;

Où le Rhône aux flots verts et bleus
Berce d'un rythme fabuleux
Le sommeil des murailles grises ;
Dans la ville au ciel éclatant,
Ile sonnante, où tant et tant
De souvenirs du temps chantant
Battent des ailes dans les brises.

Les Félibres, eux, sont partis...
Ils rêvaient déjà, tout petits,
A des conquêtes chimériques ;
Ils trouvaient étroit le vallon,
Étroit le champ de maïs blond,
Et leur héros c'était Colomb
En route vers les Amériques.

Adieu, ciel clair, lilas fleuris !
Ils s'en sont allés vers Paris
Porter des rayons à ses brumes,
Des rayons, des parfums aussi,
Et Paris a chaud, comme si,
Prenant un triste oiseau transi,
Le soleil jouait dans ses plumes.

Mais, dans Avignon ou là-bas,
C'est toi toujours, toi seul qui bats
Au cœur gonflé de souvenance,
Amour profond du sol natal,
Parfois clair comme le cristal,
Quelquefois farouche et brutal,
Toi seul, amour de la Provence !

Or, ce soir, Messieurs, il me plait
De songer que le même lait
A coulé sur nos jeunes lèvres ;
Il me plait, Messieurs, de songer
Qu'un lointain refrain de berger
Nous obsède, un refrain léger
Venu des frais sentiers aux chèvres.

Notre enfance a connu les bois,
Où des fontaines à mi-voix

Ont des chansons toujours nouvelles ;
Et le chant des cloches lointain,
Qui s'éveillait dans le matin,
Sonne encor son rythme argentin
Au carillon de nos cervelles.

Nous sommes fils du sol joyeux,
Où des refrains harmonieux
Vaguent dans la fraîcheur des combes :
Où des airs lents et cajoleurs
S'éternisent sur les hauteurs :
Où, près de la colline en fleurs,
Somneillent tant de chères tombes.

Et, Messieurs, il est bien certain
Que la chaleur du sang latin
Dans nos veines circule encore.
Depuis les heures de beauté
Où le doux Pétrarque a chanté
Des hymnes de sérénité
Près de la source où rêvait Laure.

Nous somme ivres de grand air ;
Pour un rayon de soleil clair
Notre chanson danse et sautèle :
Tenez, dans Avignon, je sais
Que l'air ne venait pas assez,
C'est pourquoi vous démolissez
Des remparts, dont l'histoire est belle.

Ah ! ne touchez pas au passé !
Ce que nos aïeux ont laissé
Est sacré pour nos mains débiles ;
Car toute notre histoire est là,
Dans ces murs que rien n'ébranla...
C'est un peu de nous qui s'en va,
Quand on touche au passé des villes.

Le pays natal, c'est un peu
D'horizon pur et de ciel bleu,
C'est la bonne terre des plaines,
Nourrice forte des épis,

Et c'est le merveilleux tapis
Des champs de luzerne, assoupis
Au murmure des cantilènes ;

C'est je ne sais quoi d'amical,
De rythmique, de musical,
Qu'on n'entend point sur d'autres terres;
Ce sont des yeux noirs rencontrés,
Et des chignons bruns ou dorés ;
Mais en vain vous les chercherez
Aux rives qui sont étrangères :

Le pays natal, c'est celui
Qui jamais ne sera que lui ;
On le garde dans ses prunelles
Dans tous les muscles de sa chair ;
C'est le pays dont on est fier ;
Petit ou grand, il vous est cher
Comme des lèvres maternelles ;

Et le sol natal, c'est encor
L'interminable livre d'or
Empli de clartés et d'aromes :
Tous les feuillets en sont fleuris
Des grands noms qu'on aime au pays.
Car, certes, ce n'est point Paris
Qui nous fournit tous nos grands hommes.

Et je vous parle simplement
Du sol natal comme un fervent,
Exilé du pays qu'il aime ;
C'est pourquoi, là-bas, nous aimons
Evoquer nos chants et nos monts ;
Il nous semble que nos poumons
Aspirent l'air du pays même.

Car les Félibres sont des gens
Qui, même en leurs destins changeants,
Aiment leur petite patrie ;
Ils y songent, les soirs d'hiver,
Dans les brumes du ciel de fer ;
Et de songer au pays clair
Ils ont l'âme toute fleurie.

Ce soir, je porterai pour eux
Mon brinde le plus chaleureux
En l'honneur de l'Académie
Qui, dans la cité d'Aubanel,
A fêté ce jour solennel ;
Je porte un brinde fraternel
A la vaillante et grande amie,

Et j'égrène des vers chantants
A la gloire de vos cent ans,
Où resplendit tant de jouvence.
Je suis un peu triste en rêvant
Qu'un siècle ne vient pas souvent ;
Mais je vous salue en buvant
A l'impérissable Provence !

LE CONCERT

Le concert a eu lieu, mardi soir, 6 août, à 8 h. 1,2, dans la salle de la Bourse. Il a été donné par la Société des Concerts vocaux, avec le concours de M⁽ˡˡᵉ⁾ M. Pinglé, pianiste, et de M⁽ˡˡᵉ⁾ Sambuc, violoniste, sous la direction de M. Louis Imbert. Il avait attiré, malgré la saison, une assez nombreuse assistance, qui a fait aux exécutants un accueil chaleureux, mérité d'ailleurs par leur talent et le dévouement dont ils ont fait preuve en acceptant d'organiser une pareille solennité par ce temps de chaleur et de vacances.

Le concert a débuté par une poésie de circonstance, où notre excellent poète et félibre avignonais, M. A. Mouzin, heureusement inspiré, comme toujours, a célébré, en fort beaux vers, le premier siècle, — le printemps de l'Académie de Vaucluse.

Cette poésie a été récitée par M⁽ᵐᵉ⁾ Allard-Nicod, sur un mode lyrique qui formait une sorte d'opposition et de contraste, voulus sans nul doute, avec un prélude et un accompagnement symphoniques, habilement et élégamment écrits par M. Louis Imbert dans un style *moderato*.

L'assistance a rappelé, pour les associer aux mêmes applaudissements, le poète, son interprète et le compositeur.

Le talent de M. Louis Imbert, auquel nous venons de rendre hommage, s'est encore affirmé dans une composition d'un caractère tout différent : un *Hymne à Eros*, tiré d'*Antigone*, de Sophocle, chœur à quatre voix sur un mode grec, avec accompagnement de quatuors à cordes et flûtes. Par la simplicité des motifs, la sobriété des développements, l'heureux mélange des timbres, cette œuvre, fort bien interprétée d'ailleurs, nous a paru d'une tournure et d'une saveur archaïques tout à fait réussies.

Signalons immédiatement sur le programme les morceaux de musique instrumentale. C'est en premier lieu l'admirable *Largo* de Hændel et le gracieux *Madrigal* de Simonetti, parfaitement

7

exécutées sur le violon par Mlle Sambuc, avec une sûreté, une expression et une diversité de style qui font le plus grand honneur à cette jeune exécutante. Mlle M. Pinglé ne nous a pas fait un moindre plaisir sur le piano, où, en outre de deux pièces pour clavecin, elle a exécuté surtout de la façon la plus brillante et avec une véritable maëstria, la si difficile transcription de Listz sur la *Mort d'Yseult,* de Richard Wagner.

Avant d'en venir à la partie chorale, la principale du concert, mentionnons plus spécialement le succès des solistes, Mlles Th. Allard, Mlle Hode et Mlle P. Rey.

De Mlle P. Rey, de son organe et de sa méthode unanimement appréciés, nous ne pouvons que répéter les éloges que nous avons eu plusieurs fois déjà l'occasion de lui adresser. Mlle P. Rey a finement détaillé le solo dans le chœur de Vincent d'Indy, *Sur la mer,* où, dans une harmonie des plus riches, les ondulations variées d'un accompagnement original enveloppent une exquise mélodie passant par toutes les tonalités de la gamme et figurant sans nul doute les diverses colorations de la plaine liquide sous les multiples rayonnements de l'astre des jours.

Mlle Th. Allard possède une belle voix de contralto, d'une grande étendue, d'une réelle puissance et d'un timbre parfaitement accentué, qu'elle conduit avec beaucoup d'aisance. Elle a exécuté les parties de soli dans le chœur de E. Chabrier : *A la musique,* où son organe dominait sans effort les tenues de la masse chorale, et dans l'oratorio de Saint-Saëns, *La Lyre et la Harpe,* où elle a chanté avec le plus grand charme le délicieux motif, malheureusement trop court : *Dors, ô fils d'Apollon.*

Mlle Hode est douée d'un soprano très pur, très agréable, qui monte franchement, sans hésitation et sans artifice, jusqu'aux sommets les plus élevés de l'échelle vocale. L'air de *Zoroastre,* de Rameau, avait été remplacé par l'air d'*Armide,* de Glück : *On s'étonnerait moins que la saison nouvelle.* Nous ne nous en plaignons pas, bien que le nom de Rameau eût été placé au programme pour invoquer sans nul doute un souvenir local, celui de son passage, comme élève, à la maîtrise de N.-D. des Doms. Mlle Hode a très bien chanté le morceau de Glück ; elle a été peut-être plus applaudie dans l'air d'*Herculanum,* de notre compatriote vauclusien Félicien David, à cause des vocalises qu'elle a enlevées avec une réelle bravoure ; nous demandons, quant à nous, à rester sous le charme de cette pure mélodie de Glück, demeurée beaucoup plus jeune, quoique plus vieille, et dont Mlle Hode a très exactement rendu, sur un mouvement d'andante un peu accentué, la grâce exquise et la fraîcheur printanière.

Pour être complet, rendons hommage à la bonne grâce avec laquelle Mlle Hode a consenti à suppléer, au pied levé, M. Portalier, subitement indisposé, dans son solo de ténor de *La Lyre et la Harpe*.

Il ne nous reste plus qu'à parler des chœurs. Nous rendrons plus spécialement hommage aux chœurs pour voix de femmes seules, très nourris et très bien exercés. Nous avons signalé déjà les chœurs de E. Chabrier : *A la musique,* et de Vincent d'Indy : *Sur la mer*. Il nous faut ajouter le chœur sans accompagnement de Schumann, — l'*Ondin*. Ces trois œuvres charmantes, très différentes de style et de caractère, ont été enlevées avec un ensemble, une justesse, une variété de nuances, que nous pouvons considérer comme se rapprochant autant que possible de la perfection.

Dans les chœurs à quatre voix mixtes, les voix de ténor et de basse, quoique fort belles et très exercées, n'étaient peut-être pas en proportion suffisante avec les voix des soprani et des contralti. Hâtons-nous d'ajouter que ce défaut d'équilibre était plus apparent que réel ; il n'enlevait certes rien, il ajoutait au contraire au mérite des exécutants, car, malgré cette absence évidente de quelques éléments, ceux-ci ont réussi à les suppléer et à donner des œuvres interprétées une exécution des plus satisfaisantes. Outre l'*Hymne à Eros,* de Louis Imbert, déjà mentionné, nous avons entendu avec un intérêt plus particulier les fragments de *La Lyre et la Harpe,* de Saint-Saëns. Ce n'est pas que cette œuvre du maître soit de première envolée. Dans son ensemble, elle ne nous semble pas avoir, au même degré que d'autres, les caractères voulus d'unité et d'homogénéité. Elle se compose d'une série de morceaux appliqués sur les vers de Victor Hugo, et rattachés les uns aux autres par des liens un peu factices. Les motifs y sont plutôt indiqués et manquent de développements. Saint-Saëns a fait mieux que ça ; mais n'importe : par le charme des mélodies, leur inspiration toujours noble et élevée, l'œuvre porte bien l'empreinte de son génie, et l'audition de ces fragments nous a fait regretter de n'avoir pu assister à une audition intégrale.

Nous ne terminerons pas sans rendre hommage au talent si discret et si consciencieux dont Mlle Métivier a fait preuve dans l'accompagnement de la plupart de ces morceaux. Pour être plus modeste, son rôle n'en était pas moins indispensable et ne mérite pas moins d'être apprécié.

Le concert a pleinement répondu, comme on le voit, aux efforts des organisateurs et au talent des artistes. Il avait sa place marquée dans un programme où, pour célébrer dignement son premier Centenaire et pour rester fidèle aux termes de sa noble devise, l'Académie de Vaucluse avait fait appel tout à la fois aux lettres et aux arts : *Musis et artibus.*

F. SEGUIN.

Premier siècle,

POÉSIE DE M. A. MOUZIN,

déclamée par Madame Allard-Nicod au Concert
donné à l'occasion du Centenaire de l'Académie de Vaucluse,
avec prélude et accompagnement instrumental de M. Louis Imbert.

Ce n'est pas, quoique elle ait cent ans,
Une vieille personne à la face blêmie.
Non. Brune comtadine aux traits un peu flottants,
    Rêveuse, parfois endormie,
Elle est en pleine fleur, car une Académie
  Veut tout au moins un siècle pour printemps.

Sous un ciel déjà plein des éclairs de l'Empire,
Elle naquit, l'air grave, en un matin vermeil.
Elle a vu depuis lors déchoir plus d'un soleil.
Mais elle sait aussi, France, par quel réveil
Ton peuple revit mieux quand on croit qu'il expire !

    Calme, elle assiste aux chocs humains,
Ainsi, sans s'émouvoir, la nymphe de Vaucluse
Voit l'urne aux claires eaux se troubler dans ses mains,
Quand l'orage au Ventoux déchaîne son écluse ;
    Elle songe aux purs lendemains.

    Est-ce une déité pareille,
Nymphe ou Muse, fantôme au contour effacé,
    Qui s'approche de notre oreille
Pour nous conter tout bas les secrets du passé ?

    Elle secoue à grands coups d'ailes
    La poussière des noirs palais,
    Ouvrant leurs archives fidèles ;
    Les morts parlent, écoutons-les.

Elle montre au flanc des murailles,
Tout un poème de batailles,
Toute l'histoire de nos arts.
Aux cavernes elle pénètre ;
Sur sa terre elle veut connaître
Aussi bien le premier ancêtre
Que les Papes et les Césars.

Comme leurs devanciers et ceux qui nous vont suivre,
Aimons-la cette terre, en ses destins divers.
Et si la Renommée aux trompettes de cuivre
Ne porte pas plus loin notre prose et nos vers,
Le petit coin qu'on aime est tout un univers.

Ah ! pourvu qu'après nous subsiste
L'âme du sol natal dans quelque âme d'artiste,
Il suffit. Elle évoque à nouveau les aïeux,
Des penseurs sont groupés par sa parole amie...
— Je te salue en eux, vivace Académie,
Jeune encor quand les fils de nos fils seront vieux.
Garde en notre pays des racines profondes,
Tant qu'un rayon d'en haut luira sur nos tours blondes,
Tant que Vaucluse aura de murmurantes ondes,
        Où se refléteront les cieux !

EXCURSION
AU MONT VENTOUX

Pour finir de fêter dignement son centième printemps, l'Académie avait organisé une excursion au mont Ventoux. Par sa majesté solitaire, la féerie des spectacles de son sommet, la montagne que nos poètes ont chantée était au premier rang de ces gloires vauclusiennes que l'on s'était plu, pendant les solennités académiques, à évoquer. Vingt-quatre ascensionnistes, ornés de quelques dames, formaient la députation de la jeune Académie, à peine centenaire, vers le vieux et chauve géant, plusieurs fois millénaire. Espérons que dans cette visite de convenance, notre Société aura appris comment on vit, et comment l'on vieillit jusqu'à ne plus se rappeler un jour l'âge que l'on a...

Donc, le mercredi 7 août, vers midi, sous l'ombreuse fraîcheur du cours de Bédoin, une caravane joyeuse remplissait les voitures qui la devaient porter jusqu'au sommet. C'était l'heure où, suivant Leconte de l'Isle, d'olympique mémoire :

Midi, roi des étés, épandu sur la plaine,
Tombe en nappes d'argent des hauteurs du ciel bleu.

Et bientôt, parmi le bruissement des cigales, qui semble plus harmonieux, on se met en marche. Voitures de tous les âges et de toutes les formes, depuis le break léger jusqu'aux gémissants omnibus, traînées par des mules vives, s'ébranlent dans un cliquetis de fer et une gloire de poussière. Jusqu'ici l'Académie avait voyagé en pleine civilisation, commodément installée dans un large break ouvert de tous côtés sur la campagne, et où circulaient, avec l'air pur des champs, les mots spirituels et les aimables reparties. Maintenant, sous l'incendiaire soleil de Provence, elle entre dans la belle sauvagerie des montagnes, et

se laisse emporter, au galop de ses mules aux primitifs harnache-
ments, vers l'espace immense qui semble l'appeler.

Déjà le spectacle est beau, les poètes entendent les rimes
chanter à leurs oreilles, et l'inspiration s'élever des champs avec
les chaudes bouffées d'un air embrasé. Sur les chaumes, quelques
gerbes couchées éparpillent leur grain sous la brûlante morsure
du soleil, tandis que, ici et là, bordant quelques prés verts, de longs
peupliers tremblent à peine et par habitude, en faisant miroiter
leur feuillage à quelque souffle insensible et fugitif. Bientôt les
premiers bois viennent mettre leur note plus sombre sur l'éblouis-
sement universel. Les coteaux se rapprochent, les ravins se
creusent, de vieux chênes projettent autour de leur tronc rugueux
une ombre plus large, criblée de taches de soleil : la véritable
ascension commence. On s'en aperçoit d'ailleurs bien vite, au pas
ralenti des mules que les cris gutturaux des conducteurs viennent
exciter, et qui reprennent, au balancement de leurs longues
oreilles, l'allure résignée des bêtes accoutumées à gravir les
sommets.

A mesure que l'on monte, le chemin se rétrécit quelque peu.
Comme si elles voulaient reprendre l'espace qu'on leur a pris,
les lavandes, des touffes de thym, et de grandes fleurs bleues
couronnant une tige grêle, se pressent des deux côtés de la route
qui se faufile à travers les bois, serpentant de vallons en vallons,
contournant les coteaux, et disparaissant ici sous les arbres pour
reparaître plus haut, comme une tache blanche, parmi les verts
des fourrés et des taillis.

Pendant ce temps, dans les voitures qui se suivaient à la file en
formant une sorte de théorie bariolée, on causait, on riait, on
chantait... Les échos de la montagne rediront à nos petits neveux,
pour la fête du *prochain* centenaire de l'Académie, ce qu'ils ont
entendu...

Le soir arrive cependant, et avec lui les premières rafales d'un
mistral furieux. Bientôt, et tandis que, frileux et apeurés, nous
avions fait appel aux pardessus, appelé les manteaux à la
rescousse et déployé les cache-nez, il fondit sur notre petite
troupe avec une ardeur qui aurait pu nous être fatale. Il s'insinue
dans les voitures, les secoue et les ébranle, ébouriffe les crinières
des pauvres mules, bouleverse les attelages, et sans nous donner
le temps de nous remettre de notre émotion, crible la caravane de
ces menus cailloux que les rochers en s'effritant ont amoncelé
sur le sommet du Ventoux... Le génie de la montagne se venge
à sa façon !

Quelques minutes plus tard, tous les courageux ascensionnistes étaient à l'abri, chaudement occupés à témoigner à des breuvages brûlants un intérêt justifié, et à se distrbuer pour la nuit les chambres et les lits. Dans l'excellent banquet qui suivit, on oublia bien vite les inquiétudes et les frayeurs de la journée. Les toasts succédèrent aux toasts, tandis que le champagne moussait avec l'esprit, et que les reparties joyeuses pétillaient avec lui. M. le Président d'abord, M. le Secrétaire ensuite, un membre de la presse locale, enfin un peu tout le monde dirent mille choses aimables, que nous regrettons ne pouvoir écrire ici tout au long. Sur ces entrefaites la nuit était venue. Des feux multicolores s'allumèrent sur le sommet, où le vent, toujours déchaîné, leur joua plus d'un méchant tour, et là-bas, dans la plaine, piquant l'immensité noire, d'autres feux éclairèrent quelques minutes un point de l'espace. Pendant ce temps, nos poétes s'essayaient à mettre sur pieds un quatrain de circonstance, immédiatement écrit sur le registre de l'hôtel, où le liront les générations futures qui ne lui marchanderont pas leur admiration. Mais bientôt on se disperse dans les diverses chambres. Quelques instants après, l'Académie s'endort du bon sommeil des centenaires ; le mistral est seul à siffler sa monotone chanson qui berce le repos des enfants et des vieillards.

Le lendemain, la nature était paisible, et les premiers rayons du jour nous trouvent debout. Pittoresquement affublé de chauds vêtements, on gagne le point le plus élevé, pour jouir du spectacle du lever du soleil, qui, devant ces horizons et ces espaces, paraît encore plus merveilleux. Derrière les montagnes qui ferment, du côté du levant, le paysage encore embué des brumes du matin, une lueur rose apparaît, découpant, sur un fond d'une extrême finesse, les contours des Alpes encore coiffées de leurs neiges de l'hiver. Puis, au sommet des pics, le soleil paraît, montant gravement au-dessus de l'horizon, tout de pourpre vêtu, et projetant dans les plaines du Comtat l'ombre immense du Ventoux. De là-haut le tableau est unique, et ce n'est que peu à peu qu'on parvient à en saisir la beauté singulière. Nous en contemplons longuement les moindres aspects, tandis que les plaines de la Provence et du Comtat s'éveillent, elles aussi, sous les premiers rayons du soleil, déjà dégagé des brouillards et éclatant dans sa pleine lumière. Des vallées montent les premiers bruits du jour, empruntant à l'heure matinale la plus pénétrante poésie : là-bas, la vie s'éveille dans les vallons, pendant que sur le sommet dépouillé seules quelques tiges de lavande embaument à plaisir. A mesure que le soleil monte, la plaine s'éclaire, et bientôt, de tous côtés, accrochés au flanc des collines ou cachés au creux des vallons, comme de blanches fleurs parmi l'immense verdure, apparaissent les villages vauclusiens, montrant leurs maisons harmonieusement groupées, leurs vieux murs, leurs châteaux démantelés, et laissant arriver jusqu'à nous, parmi le charme de toutes ces choses, la voix de leur passé. Il n'est pas jusqu'à notre Palais des papes qui ne se montre, là-bas vers le couchant, dressant ses créneaux rapetissés en face des tours rebondies du fort Saint-André.

Mais il faut descendre. De nouveau les voitures s'alignent et les mules galopent sur les pentes, nous emportant, encore charmés des merveilles contemplées et essayant d'apercevoir à chaque détour du chemin les sommets que nous venions d'abandonner. Le soir, vers 6 heures, nous retrouvions Avignon, un peu las de corps; mais si les yeux encore alourdis par un lever matinal étaient prêts à se fermer, la mémoire remplie des plus agréables souvenirs les évoquait encore comme des échos aimés...

Le futur centenaire de l'Académie verra peut-être des choses plus extraordinaires ou des moyens de transport plus rapides, il ne verra pas une plus grande cordialité régner parmi les membres de notre Société, ni une gaieté plus franche dérider leurs fronts. Alors, comme aujourd'hui, les lettres et la belle nature sauront se donner la main, les archéologues se feront orateurs, les numismates poètes, et le vieil auteur latin pourra redire plus véritablement dans son intraduisible concision : *Litterae... rusticantur !*

J. Méritan.

Liste des Membres
du Lycée d'Agriculture, Sciences et Arts de Vaucluse en 1801.

I. — MEMBRES ORDINAIRES.

PREMIÈRE CLASSE. — *Agriculture et commerce.*

PREMIÈRE SECTION. — *Économie politique et agriculture.*

CARTOUX, adjoint municipal.
ESTRATAT, chef du troisième bureau de la préfecture.
MONTAUBAN, directeur de l'enregistrement et des domaines nationaux.
PELET, préfet du département de Vaucluse, président du Lycée.
PUY, maire de la ville d'Avignon.
ROUSSEL père, trésorier du Lycée.
VICARY.

SECONDE SECTION. — *Commerce, manufactures, arts-et-métiers.*

BOUCHET père, négociant, secrétaire de la première classe.
GUDIN, négociant.
HELLOT aîné.

SECONDE CLASSE. — *Mathématiques et physique.*

PREMIÈRE SECTION. — *Mathématiques pures, mécanique, hydraulique, optique, acoustique, etc.*

BONDON, ingénieur du département de Vaucluse.
DEJEAN.
DELUY, secrétaire adjoint du Lycée.
FORTIA D'URBAN, vice-président du Lycée.
ROUSSEL fils.

SECONDE SECTION. — *Sciences physiques, histoire naturelle, médecine, chimie, etc.*

BROUILLARD, médecin.
GUÉRIN père, pharmacien.
GUÉRIN fils, professeur à l'École centrale, secrétaire de la seconde
    classe.
PAMARD, chirurgien.
PANSIN, médecin.
SAUVAN, chirurgien.
VOULONNE, médecin.

TROISIÈME CLASSE. — *Philosophie et belles-lettres.*

PREMIÈRE SECTION. — *Philosophie, morale, législation, etc.*

COLLET, juge du Tribunal civil.
COSTAING, homme de loi.
GIRARD aîné.
GRANDPRÉ.
JEAN, secrétaire-général de la préfecture.
TEMPIER, conseiller de préfecture.
TRAMIER aîné.

SECONDE SECTION. — *Belles-lettres et beaux-arts, poésie, musique, littérature, histoire,
    grammaire, langues anciennes et modernes, etc.*

CRIVELLY, homme de loi, secrétaire de la troisième classe.
DUPUY, homme de loi.
MOREL, professeur de littérature, secrétaire perpétuel du Lycée.
PIOT, président du Tribunal civil.
RAVAN, secrétaire de la préfecture.
SABATIER, de Cavaillon, professeur à l'École centrale.
SAINT-VÉRAN (Fabre de).

II. — MEMBRES HONORAIRES.

CALVET, Esprit, médecin.
GIRARD père.

III. — MEMBRES ASSOCIÉS.

ACHARD, membre du Lycée de Marseille.
ALFIÉRI D'ASTI, à Milan.
ANDRÉE (D'), professeur à l'École centrale à Carpentras.
ASTOUD, Gaspard, de Crillon.
BARREAU, de Toulouse, à Paris.

BAUME, médecin, à Nimes.
BÉRARD, de Briançon.
BERNARDI, de Monieux, à Paris.
BLAZE, de Cavaillon, associé à l'Institut national.
BONAPARTE, Napoléon, premier consul de la République.
BONAPARTE, Lucien, ministre en Espagne.
BOUFLERS, Stanislas.
BOYER, sous-préfet de Carpentras.
BOYER, de Sault.
BRANTES (Bianco de).
CAMBACÉRÈS, second consul de la République.
CESAROTTI, Melchior.
CHAPTAL, ministre de l'intérieur.
CHARDON-LA ROCHETTE, à Paris.
COLON, médecin, à Paris.
CONSOLIN-BACULARD, à Marseille.
DRAPARNAUD, à Montpellier.
DUMAS, de Montpellier.
DURAND-MAILLANE.
FAURIS-SAINT-VINCENT, à Aix.
FERLUS, ex-doctrinaire, à Sorrèze.
FISTER, de Schaffouse.
FONTANE, rédacteur du Mercure.
FORTIA DE PILLES, à Marseille.
FOURCROY, de l'Institut national.
FRANÇOIS DE NEUFCHATEAU.
GASTALDI, d'Avignon, médecin à Paris.
GINGUENÉ, membre de l'institut national.
GIRARD (Les trois), frères.
GOUAN, professeur de mathémathiques, à Carpentras.
GOUAN, de Montpellier.
GROUVELLE.
GUÉRARD, médecin de la succursale des Invalides d'Avignon.
GUÉRIN (François), sous-préfet d'Orange.
HUMBERT, ministre de la religion réformée, à Genève.
HUSSON, médecin.
IMBERT-DELONNE, chirurgien de la succursale des Invalides, à Avignon.
JENNER, médecin.
JULLIAN, de L'Isle.
LAHARPE, professeur de littérature, à Paris.

LALANDE, membre de l'Institut national.
LAMANON, Paul, à Salon.
LAMÉTHERIE, à Paris.
LAUDUN, d'Arles, médecin.
LEBRUN, troisième consul de la République.
LECOURTVILLIÈRE, général au service de la République française, à Paris.
MEYNET, bibliothécaire, à Avignon.
MÉZARD, d'Apt, homme de loi.
MILLIN, conservateur du Musée de Paris.
MONTGOLFIER.
MONTVERT, Sambuc, général de brigade, à Sens.
ODIER, professeur, à Genève.
OLIVIER l'aîné, de Carpentras, juge au tribunal de Nimes.
O'REILLY, rédacteur des Annales des arts.
PALIS l'aîné, au Saint-Esprit.
PASTORET, membre de l'Institut national.
PELLETAN, chirurgien, à Paris.
PIPELET, Constance.
POMME, médecin.
POUGENS, Charles, de l'Institut national, à Paris.
RENOYER, maire du Saint-Esprit.
SAINT-ANGE, à Paris.
SAINT-LAMBERT, de l'Institut national, à Paris.
SAINTE-CROIX (Guilhem de), à Paris.
SÉGUR aîné, à Paris.
SÉNEBIER, à Genève.
SERRE, Jean-Baptiste.
SERVAN l'aîné, avocat général, près de Saint-Remy.
SOLIMANI, professeur de chimie, à Nimes.
TARBÈS, officier de santé, à Toulouse.
TARDIEU-SAINT-MARCEL.
TEXIER, auteur des Annales d'agriculture.
THOURET, médecin, à Paris.
THULIS, directeur de l'observatoire de Marseille.
TRAMIER-LA BOISSIÈRE, Hyacinthe.
VERDIER (Madame).
VILLARS, de Grenoble.
VIOT (Madame), ci-devant Madame de Bourdic, à Paris.
VOLNEY, de l'Institut national, à Paris.
WATON, médecin, à Carpentras.

IV. — MEMBRES CORRESPONDANTS.

ANDRÉE DE RENOARD (D').
ATHÉNOSY.
BÉRARD, Xavier.
BILHON.
BOUCHET fils, à Montpellier.
CALVET, neveu, à Paris.
GUÉRIN, architecte rural.
LAPIERRE-CHATEAUNEUF.
PAZZIS (De), Maxime, à Carpentras.
PELET, Paulan et Claramont, frères.
PRILLY (De), Victor.
ROCHE, médecin, à Avignon.
SOISSAN (Les deux), d'Avignon, frères.

Liste des Membres
de l'Académie de Vaucluse en 1901.

I. — MEMBRES HONORAIRES

MM.

L'ARCHEVÊQUE d'Avignon.
Le GÉNÉRAL commandant la 30ᵉ division militaire.
Le PRÉFET de Vaucluse.
Le MAIRE de la ville d'Avignon.
BAYLE, G., ◊ I., sous-bibliothécaire au Musée-Calvet, à Avignon.
FABRE, ✶, docteur ès sciences, à Sérignan.
FUZET (Mgr), ✶, archevêque de Rouen.
GUILLAUME, G. O. ✶, directeur de l'École française, à Rome.
JULLIAN, Camille, ✶, O. I., professeur à l'Université de Bordeaux.
LASTEYRIE (Comte de), Robert, O. I., ✶, membre de l'Institut, à
Paris.
MISTRAL, Frédéric, O. ✶, à Maillane.

II. — MEMBRES TITULAIRES.

MM.

ABRIC, Maurice, négociant, à Avignon (1ᵉʳ semestre 1883).
ALPHANT, O. ✶, docteur en médecine, à Avignon (1ᵉʳ juin 1895).
ANSELME (D'), à Avignon (6 janvier 1898).
ARNAUD, notaire, à Arles (1886).
ARNAUD, notaire, à Barcelonnette (6 juin 1885).
ARNAUD DE FABRE, docteur en médecine, à Avignon (1883).
AUROUZE (Abbé), professeur, à Avignon (2 décembre 1897).
AUTRAN, pasteur de la religion réformée, à Avignon (2 avril 1887).
AZÉMAR, docteur en médecine, à Avignon (2 décembre 1897).

BAYOL, dessinateur à la chefferie du 7ᵉ génie, à Avignon (2 décembre 1897).

BELLADEN, Louis, artiste peintre, à Avignon (2 décembre 1897).

BIRET, Ꝩ, ferronnier d'art, à Avignon (1882).

BONNECAZE, chef de bureau à la Société générale, à Avignon (16 avril 1896).

BONNEFILLE (Abbé), supérieur du Petit Séminaire d'Avignon (11 novembre 1897).

BONNET, Julien, ancien conseiller de préfecture, à Avignon (1882).

BONNET, Léon, ancien bâtonnier de l'ordre des avocats, à Avignon (1883).

BONNET, Victor, docteur en médecine à Oppède (6 février 1896).

BOURGES, Gabriel, Ꝩ I., professeur de dessin au Lycée d'Avignon (1882).

BOURGES, Michel, médecin de la marine, à Madagascar (1ᵉʳ février 1900).

BROELEMANN, Henry, banquier, à Paris (11 octobre 1900).

BRUGUIER-ROURE, au Pont-Saint-Esprit (8 janvier 1887).

BRUN, Pierre, suppléant du juge de paix, à El-Miliah (6 janvier 1897).

BRUNEL, Léon, à Avignon (2 avril 1887).

CAILLOL, Henri, notaire, à Marseille (5 avril 1895).

CAPEAU, Edmond, publiciste, à Avignon (6 janvier 1898).

CARRE, docteur en médecine, à Avignon (1882).

CARTOUX, professeur de rhétorique au Lycée d'Avignon (17 octobre 1901).

CASSIN, Paul, docteur en médecine, à Avignon (1882).

CAUCANAS, ingénieur du canal de Pierrelatte, à Orange (7 février 1885).

CHANSROUX, Antoine, pharmacien, à Beaucaire (13 octobre 1888).

CHASSANG (Abbé), professeur au Petit Séminaire d'Avignon (1ᵉʳ février 1895).

CHATELET, Casimir, employé à la Préfecture, à Avignon (9 novembre 1899).

CHOBAUT, Alfred, docteur en médecine, à Avignon (5 avril 1889).

CLAVEL (Abbé), aux Imberts (14 juin 1900).

CLÉMENT (Abbé), Ꝩ, ancien aumônier du Lycée, à Avignon (8 janvier 1887).

CUSSAC (Abbé), vicaire général, à Avignon (11 novembre 1897).

DARÈNE DE LACROZE (Frédéric de), à Avignon (6 décembre 1900).

DAUVERGNE, avoué, à Avignon (2 juin 1898).

8

DAVID, Paul, ingénieur, au château de Joncquier, près Bagnols (6 juin 1901).

DELALY, Alfred, ingénieur à la Cⁱᵉ P.-L.-M., à Avignon (4 juillet 1891).

DELEUZE, avocat, à Avignon (1886).

DELMAS, Jacques, (· I., professeur hon. au Lycée de Marseille (25 octobre 1899).

DESCLAIS, sous-intendant militaire, à Nimes (6 juin 1901).

DEYDIER, Marc, notaire, à Cucuron (1890).

DIDIÉE, conducteur des Ponts-et-chaussées, à Avignon (17 octobre 1901).

DUCOMMUN, André, électricien, à Avignon (7 juin 1895).

DUCOS, O. ✳, ancien député de Vaucluse (1882).

DU LAURENS (Baron), Guillaume, à Avignon (13 avril 1899).

DURAND, ancien professeur, à Bonnieux (1883).

DURAND (Abbé), doyen honoraire, professeur au Petit Séminaire de Beaucaire (4 janvier 1889).

DURBESSON, docteur en médecine, à Avignon (4 juin 1896).

ESPÉRANDIEU, Émile, O I., ✳, capitaine professeur à l'École militaire de Saint-Maixent (6 septembre 1895).

EYSSÉRIC, Joseph, ✳, artiste peintre, à Carpentras (1ᵉʳ mars 1895).

FAUCHER (De), Paul, à Bollène (1882).

FAUCHIER, notaire, à Orange (5 juillet 1890).

FICHAUX, O. ✳, lieut.-colonel d'artillerie territoriale, à Avignon (1886).

FLORENT, ancien président du Tribunal de commerce, à Avignon (11 novembre 1897).

FRUCTUS (Abbé), curé de Crillon (7 mars 1901).

FRUTIÉRE (Mgr), prélat de la maison de Sa Sainteté, à Nimes (4 janvier 1895).

GAP, Lucien, instituteur, à Villars (1882).

GENIN, Joseph, ✳, officier principal d'administration en retraite, à Avignon (1ᵉʳ décembre 1899).

GÉRIN-RICARD (Vicomte de), ✳, à Marseille (1882).

GLEIZAL, Albert, ingénieur civil, à Privas (5 juillet 1895).

GONDRAN, avocat, à Avignon (13 avril 1899).

GOUBET, Henri, avocat, à Avignon (13 avril 1899).

GOUDAREAU, Jules, à Saint-Gervasy (Gard) (3 décembre 1896).

GOUELL, ✳, médecin en chef de l'hôpital militaire d'Avignon (3 mars 1898).

GRAILLY (De), inspecteur principal du Crédit foncier, à Paris (7 juin 1895).

GRANET, Léonce, propriétaire, à Roquemaure (1882).

GRÉGOIRE, instituteur, à Bédoin (1893).

GRIMAUD (Abbé), ☾, directeur de l'Institut des sourds-muets, à Montfavet (2 juin 1890).

GRIMAUD (Abbé), Augustin, curé de Sorgues (10 janvier 1901).

GRIOLET, ✳, sous-intendant militaire, à Épinal (6 septembre 1895).

GRIVOLAS, Pierre, ☾ I., directeur de l'École des Beaux-Arts, à Avignon (1882).

GUENDE (Mlle), Blanche, à Cavaillon (4 juin 1887).

GUÉRIN, Claude, professeur à l'École normale, à Avignon (15 novembre 1891).

GUÉRIN, Joseph, propriétaire, à Bonnieux (2 juillet 1896).

GUIBERT, avoué, à Avignon (1883).

JOLEAUD, ✳, sous-intendant militaire, à Avignon (8 novembre 1900).

LABANDE, L.-H., ☾ I., conservateur de la Bibliothèque et du Musée-Calvet, à Avignon (7 mars 1891).

LAFFONT, docteur en médecine, à L'Isle (17 octobre 1901).

LARCHÉ, ☾, docteur en médecine, à Avignon (1883).

LAROCHE, Henri, ✳, chef de bureau honoraire au Ministère de l'intérieur, à Avignon (1ᵉʳ février 1900).

LASSALLE, capitaine trésorier au 7ᵉ génie, à Avignon (2 juillet 1896).

LAVAL, Victorin, ☾ I., ✳, médecin major de 1ʳᵉ classe au 7ᵉ génie, à Avignon.

LE GRAS, à Avignon (2 juin 1898).

L'ÉPINE (Marquis de), Raymond, à Avignon (13 avril 1899).

LEVEZOU (Abbé), curé de la Barthelasse (11 novembre 1897).

LEYDET, Victor, artiste peintre, à Avignon (6 juin 1901).

LIMASSET, docteur en droit, à Avignon (1882).

MANIVET, Paul, ☾, juge de paix, à Bollène (1883).

MARCHAND, ☾ I., inspecteur d'académie, à Avignon (4 janvier 1895).

MARMOITON, procureur de la République à Riom (5 avril 1900).

MARTIN, propriétaire, à Thouzon (Le Thor) (1886).

MAUMET, Rémy, lépidoptériste, à Avignon (6 décembre 1900).

MEFFRE (Mgr), prélat de la maison de Sa Sainteté, à Rome (29 avril 1893).

MEISSONNIER, Paul, ancien notaire, à Avignon (5 juillet 1895).

MÉRITAN (Abbé), Jules, à Avignon (3 février 1898).

MEUNIER (Mgr), évêque d'Évreux (8 juillet 1897).

MICHEL, Fernand (Antony Réal fils), à Orange (4 janvier 1895).

Michel, Louis, ✷, O. ✷, directeur de la Société générale et président du Tribunal de commerce, à Avignon (10 novembre 1898.

Michel-Béchet, docteur en médecine, à Avignon (7 juin 1895).

Mordon, F., ancien trésorier-payeur général, à Angoulême (2 avril 1887).

Mourral, ✷, chef du génie, à Avignon (3 mai 1900).

Mouzin, Alexis, ✷ I., receveur municipal, à Avignon (1882).

Naquet, Gustave, ancien président du Tribunal de commerce, à Avignon (2 juin 1898).

Nourry, Marcel, à Avignon (7 décembre 1899).

Palun, Auguste, négociant, à Avignon (1882).

Pamard, O. ✷, ✷ I., docteur en médecine, à Avignon (1882).

Pansier, docteur en médecine, à Avignon (3 février 1898).

Parrocel, Pierre, ✷ I., docteur en droit, substitut du procureur de la République, à Marseille (5 avril 1895).

Paul, O. ✷, préfet honoraire, à Avignon (16 juin 1901).

Pellat, Edmond, O. ✷, inspecteur général honoraire au Ministère de l'intérieur et ancien président de la Société géologique de France, à La Tourette près Tarascon (2 juillet 1896).

Pernod, Jules, négociant, à Avignon (1882).

Péraire, Maxime, ✷, industriel, à Sorgues (2 juin 1898).

Perrin, instituteur, à Avignon (5 janvier 1892).

Pichenot, médecin en chef de l'asile des aliénés à Montdevergues (17 octobre 1901).

Privat (Général), O. ✷, commandant la 59ᵉ brigade d'infanterie, à Nimes (6 juin 1901).

Protton, Pierre, fabricant de meubles, à Avignon (1883).

Puel, Louis, entomologiste, à Avignon (5 janvier 1899).

Queytan, Félix, chanoine titulaire, à Avignon (17 octobre 1901).

Ranchier, pharmacien, à Carpentras (17 octobre 1901).

Rastoul, Joseph, à Singapour (6 juin 1901).

Raynolt, anc. greffier du tribunal, à Avignon (1ᵉʳ février 1900).

Réau, Léon, publiciste, à Avignon (7 décembre 1899).

Redon (Abbé), grand-vicaire du diocèse d'Avignon (4 juillet 1901).

Requin (Abbé), ✷ I., archiviste diocésain, à Avignon (7 février 1885).

Ripert, professeur de musique, à Avignon (2 décembre 1897).

Rocher (De), Fernand, homme de lettres, à Paris (17 octobre 1901).

Rochetin (Mᵐᵉ), à Arpaillargues (Gard) (11 novembre 1897).

Rouis, inspecteur-adjoint des forêts, à Carcassonne (5 avril 1895).

Rousset, Antonin, inspecteur des forêts en retraite, à L'Isle (3 mai 1900).

Rouvière, avoué, à Avignon (31 mars 1898).

Roux, notaire, à Cavaillon (1882).

Roux, Rémy, docteur en médecine, à Avignon (8 juillet 1897).

Sage (Abbé), curé d'Aubignan (9 novembre 1899).

Sagnier, docteur en droit, à Avignon (1882).

Saint-Martin, Jean, avocat, à Avignon (6 septembre 1895).

Savinien (Frère), inspecteur des Frères des Écoles chrétiennes, à Avignon (1886).

Savournin, conseiller général du canton de Gordes, à L'Isle (17 octobre 1901).

Seynes (De), Jules, propriétaire, à Saint-Didier (1882).

Tardieu, ✳, docteur en médecine, à Arles (13 octobre 1888).

Terris (De), notaire, à Avignon (1882).

Thomas, Joseph, négociant, à Avignon (1883).

Tourtet, ☾, architecte départemental, à Avignon (2 février 1897).

Tracol, notaire, à Avignon (2 juin 1898).

Trouillet (Abbé), curé du Thor (3 mai 1900).

Vagneur, industriel, à Avignon (1er juin 1899).

Valabrègue, Roger, avocat, à Avignon (1er mars 1890).

Valayer, Louis, propriétaire, à Avignon (1882).

Valentin, ☾, architecte, à Avignon (1882).

Valla (Abbé), ☾, curé-doyen de Villeneuve-lez-Avignon (7 décembre 1894).

Vallentin, juge au tribunal de Montélimar (1883).

Vallentin, Roger, ☾ A., receveur des domaines, à Saint-Péray (5 novembre 1887).

Verdet, Ernest, ✳, à Avignon (1882).

Verdet, Gabriel, ✳, à Avignon (1883).

Verdet, Marcel, à Avignon (1882).

Vernet, Lucien, ☾ I., sculpteur, à Avignon (6 juin 1885).

Villaret (De), ✳, lieutenant-colonel, chef d'état-major de la 30e division militaire, à Avignon (2 mars 1899).

Vionnet, Charles, ☾, professeur à l'École des Beaux-Arts, à Avignon (9 novembre 1899).

Vissac (Baron de), directeur du Crédit foncier pour le département de Vaucluse, à Avignon (18 octobre 1895).

Xavier de Fourvières (R. P.), au monastère de Frigolet (1er février 1895).

Zacharewicz, ☾, O. ☪, professeur à l'École départementale d'agriculture de Vaucluse (6 juin 1901).

III. — MEMBRES ASSOCIÉS.

MM.

ARBAUD, Paul, bibliophile, à Aix.
ARTOZOUL, avoué, à Lyon.
AUBERT, juge de paix, à Chénerailles (Creuse).
AUGUIOT, docteur en médecine, à Ternand (Rhône).
AVON, Émile, propriétaire, à Avignon.
BLANC, Léon, instituteur en retraite, à Serviers-Labaume (Gard).
BOUDIN (Abbé), curé d'Aumessas (Gard).
BOULAY (Abbé), professeur de Faculté, à Lille.
CHAMBRE DE COMMERCE d'Avignon.
CHRESTIAN, ancien maire, à Sault.
DELACOUR, Théodore, à Paris.
DELORME, sculpteur, à Uzès.
DESTANDAU, pasteur, à Mouriès (B.-du-Rh.).
FILLET (Abbé), curé archiprêtre de Grignan.
GARCIN, (', ancien greffier du tribunal, à Apt.
GUIGNARD DE BUTTEVILLE, à Chouzy (Loir-et-Cher).
HONORAT, Bastide, à Digne.
LEMAIRE, contrôleur des manufactures de tabac, à Toulouse.
MARIÉTON, Paul, chancelier du Félibrige, à Paris.
MÜNTZ, Eugène, *, membre de l'Institut, conservateur à l'École
    des Beaux-Arts, à Paris.
RÉGUIS, docteur en médecine, à Villeneuve-lez-Avignon.
RENCUREL, conseiller de préfecture, à Avignon.
SALLUSTIEN (Frère), directeur des Écoles chrétiennes, à Uzès.
SAUREL, Ferdinand, Ꝉ I., chanoine titulaire, à Montpellier.
SAUVE, Fernand, à Apt.
VAYSSIÈRES, Ꝉ I., conservateur du Musée d'histoire naturelle, à
    Marseille.
VÉRAN, architecte, à Arles.

IV. -- MEMBRES CORRESPONDANTS.

MM.

BARTHÉLEMY (De), Anatole, *, membre de l'Institut, à Paris.
BEAUREGARD, *, professeur au Muscum, à Paris.
BERLUC-PÉRUSSIS (De), à Aix.
BLANCARD, Ꝉ I., *, archiviste des Bouches-du-Rhône, à Marseille.
BOISLISLE (De), *, membre de l'Institut, à Paris.

CAZALIS DE FONDOUCE, géologue, à Montpellier.
DUHAMEL, ◊ I., archiviste départemental de Vaucluse, à Avignon.
GAUDRY, Albert, ✳, membre de l'Institut, à Paris.
GUILLAUME (Abbé), archiviste des Hautes-Alpes, à Gap.
JANET, Charles, ingénieur des manufactures, à Beauvais.
LACROIX, ✳, archiviste de la Drôme, à Valence.
LAUGIER, conservateur des médailles au Musée de Marseille.
LECOMTE, adjoint au génie, à Commercy.
LEENHARD, géologue, à Montpellier.
LENTHÉRIC, ✳, ingénieur, à Nimes.
LIEUTAUD, Victor, à Volonne (Basses-Alpes).
LOCARD, à Lyon.
LOUBET, ancien magistrat, à Carpentras.
MAS, professeur au Lycée de Montpellier.
MORTILLET (De), Adrien, ℂ, à Paris.
NICOT, pharmacien, à Paris.
SAINT-VENANT (De), inspecteur des forêts, à Nevers.
TESTU, professeur à la Faculté de médecine de Lyon.
VILLEFOSSE (Héron de), ✳, conservateur au Musée du Louvre, membre de l'Institut, à Paris.

Liste des Présidents
et
Secrétaires Perpétuels ou Généraux
du Lycée, de l'Athénée
et de l'Académie de Vaucluse.

PRÉSIDENTS :

. PELET DE LA LOZÉRE, préfet de Vaucluse, nommé dès la
constitution du Lycée en l'an IX.

BOURDON, Marc-Antoine, préfet de Vaucluse, nommé le
27 brumaire an XI.

DELATRE, préfet de Vaucluse, nommé le 11 brumaire an XIII.

STASSART (De), Goswin-Joseph-Augustin, préfet de Vaucluse,
nommé le 5 mai 1810.

HULLMANN, Carle-Gérard, préfet de Vaucluse, nommé le
6 avril 1811.

RAVAN, nommé le 18 juin 1814.

PIOT, président du tribunal civil d'Avignon, en fonctions à
la date du 6 décembre 1823.

SULEAU (De), Louis-Ange, préfet de Vaucluse, nommé le
9 décembre 1825.

NONNEVILLE (Tassin de), préfet de Vaucluse, nommé le
27 mars 1829.

Vacance du mois d'août 1830 au 21 août 1838.

AHUL, Alphonse, préfet de Vaucluse, nommé le 21 août
1838.

LE NOIR, général, gouverneur de la succursale des Invalides à Avignon, nommé le 13 février 1841.

CERQUAND, inspecteur d'Académie honoraire, 1881 et 1882 (1).

(1) Les nouveaux statuts de l'Académie de Vaucluse, élaborés en 1880, prescrivent
que le président ne restera en charge que deux années consécutives.

MM. Pamard (D*r*), Alfred, 1883-1884.

Ducos, ancien commandant du génie, 1885-1886.

Seyne (De), Jules, installé le 8 janvier 1887, démissionnaire le 5 décembre 1887.

Sagnier, Alphonse, docteur en droit, nommé le 14 janvier 1888.

Rochetin, Louis, ancien magistrat, nommé le 1*er* février 1890.

Torcapel, ingénieur, nommé le 5 janvier 1892, démissionnaire le 4 juin 1892.

Pamard (D*r*), Alfred, nommé le 3 décembre 1892.

Mordon, trésorier payeur général de Vaucluse, nommé le 6 janvier 1894.

Mouzin, Alexis, nommé le 9 janvier 1896.

Carre (D*r*), nommé le 6 janvier 1898, démissionnaire le 4 janvier 1899.

Laval, Victorin, médecin-major de 1*re* classe au 7*e* génie, nommé le 4 janvier 1900.

SECRÉTAIRES PERPÉTUELS OU GÉNÉRAUX :

MM. Morel, Hyacinthe, nommé dès la constitution du Lycée en l'an IX, décédé le 28 juillet 1829.

Du Laurens, Achille, nommé après le décès d'H. Morel, démissionnaire le 21 août 1838.

Vacance de 1838 à 1841 : Esprit Requien et Prosper Yvaren, suppléants.

Yvaren, Prosper, nommé le 13 février 1841.

Duhamel, Léopold, nommé à la reconstitution de l'Académie en novembre 1880, démissionnaire le 12 novembre 1887.

Bayle, Gustave, nommé le 14 janvier 1888.

Labande, Léon-Honoré, nommé le 5 janvier 1892.

Table des Matières

www.ingramcontent.com/pod-product-compliance
Lightning Source LLC
Chambersburg PA
CBHW060808250626
47162CB00005B/1710